あさがや千夜一夜

三輪初子

朔出版

序　もうひとつの顔

石　寒太

ノーモア・ヒロシマ一匹のみずすまし

寒太

「(広島行が)やっと実現したのは十五年前の七月、猛暑の日だった。原爆記念館とも称される〝平和記念資料館〟へ足を踏み入れた瞬間、背筋に冷たいものが走った。そうして館外へ出た私たち数人は無口になり、久しく食べ物が口に入らなかったことを忘れない。『口ひらく』とは、『ノーモア・ヒロシマ』と訴える口でもあったのだ」。この文章は、Ⅳ章の〈広島や卵食ふ時口ひらく　西東三鬼〉への初子さんの鑑賞エッセイの結びである。そして私の「ノーモア」の句が出来た。私はエッセイに書かず、一句に纏めた。

さて、誰でもいい文章を書きたい、と願う。が、名文というものを、短いことばで定義することはむずかしい。一つの文章がある人には名文と思えても、すべての人にはそう見えないことはよくある。仮に名文の条件というものがあるとしても、それは時代とともにかわり、また人によっても千差万別である。しかし名文は、必ずある。結局いい文章とは、人と文章との出会いの中に見出されるものであろう。初子さんの文章は、文の力もさることながら、人とのつながりの中で読む人の心に深く入り込んでくる、そういう心の一文である。

特に、俳句づくりの中で、心に響くエッセイは少ない。俳句はかなり個性の効いたものをつくるのに文章を書かせたら平凡であったり、逆に文章は素晴らしいのに俳句はまるで駄目だったり、その両方を満足させることはほとんど皆無に等しい、と言ってもいい。俳人は俳句だけ上手《うま》ければそれで十分、そういう人も多い。確かにそのとおりかもしれない。でも、文章もうまいに越したことはない。

わが「炎環」には四賞がある。炎環賞（俳句二十句）・エッセイ賞・評論賞・新人賞の四つである。新人賞は会員・同人の中で一年間に著しい進歩を示した人に与えられる同人たちの推薦する賞で、評論賞は作家・作品を論じた賞でなかなか一筋縄にはいかない賞である。そこへいくとエッセイ賞は手軽で短く四〇〇字詰原稿用紙三枚以内なので、誰でもが応募可能で、毎年人気があってよく集まる。ことしは二十篇の応募があった。

このエッセイ賞の審査員（五人）のひとりにこの度三輪初子さんに入ってもらうことになった。というのも、彼女ははじめこのエッセイ賞の応募者の側のひとりであった。その文章はなかなか味があり、読ませるもので何回目かに受賞した。そんなこともあって、審査する側に回ってもらいたいと、編集長の丑山《うしやま》霞外《かがい》さんに話をつけて選考委員のひとりに加わってもらったのである。

初子さんには、すでに『初蝶』（邑書林）、『喝采』（光書房）、『火を愛し水を愛して』（文学の森）の三冊の句集がある。『喝采』については「チャンピオン讃—三輪初子の俳句の世界」という一文を序に掲げさせてもらったので、ここではくり返さない。

俳句はともかく、初子さんはその間さまざまなところに短文を断片的に書かれている。そのエッセイがなかなか軽妙洒脱で面白い。そこで内容を好きな映画に関するものに絞って、「炎環」の二〇一五年一月号から一七年三月号まで連載してもらった。「炎環」には何人かの映画ファンもいて、このエッセイはその人たちをはじめ、今まで映画などにはまったく縁のなかった人たちにまでその読者層をひろげていった。私もその中のひとりである。

ところで、三輪初子さんから「炎環」三十周年を記念として、次の句集を出版したいと申し出があった時、ぜひ、エッセイも入れたらどうか、と提案したのはこの私である。が、いろいろ考えてのことであったろう。彼女は、エッセイ集だけで一冊を纏めることにした。私はそれはそれでかえってすっきりした形になり、よかったと思っている。考えてみれば、句文を一冊にすると、木に竹をついだような形になって不統一になる可能性がある。今となってはもっともいい形ですっきり纏まった、そう思っている。

今度のエッセイ集は『あさがや千夜一夜』という。喝采亭を舞台にした初子さんの夢の夜の物語である。

読んでもらえば分かるが、この本は七つの章によって構成されている。が、やはり何といっても興味深いのは、映画にまつわるエッセイであろう。

私は、映画はあまり観てはいないし詳しくはない。それでもここに書かれたほんの少ないいくつかを観たり聞いたりしていて、読みながら思わず心魅かれてしまう。きっとこれを読まれた人もそうであろう。誰がいつどこから読んでもいい。自分の目についたところから気軽に読まれたらいい。気の向いた心の動いたところからパラパラ読まれたらそれでいい。

初子さんのやさしいサービス精神が、心をとらえて離さないことであろう。

〝句文一体〟ということばがあるかどうかは分からないが、まさにこの『あさがや千夜一夜』は、初子さんの俳句の延長線上、いやもうひとつの新しい世界である。そんな初子さんのあたたかい心が、誰にでも伝わってくるに相違ない。

〝文は人なり〟とは、ありきたりのことばではあるが、このエッセイの中に、初子さんのもうひとつの顔を発見できるだろう。そんな心あたたまる一集である。

あさがや千夜一夜　目次

Ⅱ　芭蕉の言葉とシネマ遊び

Ⅲ　俳句そぞろ歩き

Ⅳ　秀句に添いて

Ⅴ　あの日、あの夜

Ⅵ 「チャンピオン」おもいのまま

Ⅶ ボクシングに溺れて——月刊「ワールド・ボクシング」より

装丁　永石　勝／トリプル・オー
挿画　象ぞう造

あさがや千夜一夜

I

映画の広場

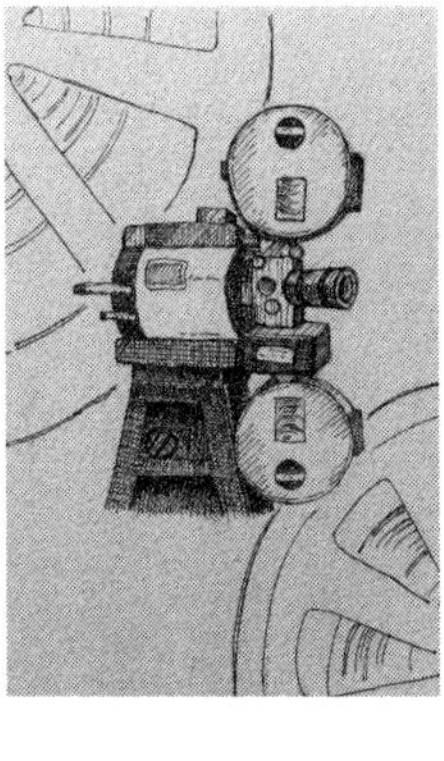

歴史を変えるな

『ジゴロ・イン・ニューヨーク』と『マダム・イン・ニューヨーク』。

この似て非なるタイトルは、昨年（二〇一四年）公開された話題沸騰の映画である。

『ジゴロ……』は米映画。代々続く老舗の本屋を閉店に追い込まれた男が悩んだ末、友人の失業中の男（監督兼のJ・タトゥーロが実にいい）を口説き、なんとジゴロ（男娼）ビジネスをはじめる。ポン引き役のウディ・アレンがなんともかわいく粋でおしゃれだ。ジャズの名曲を背後にコミカルにしてシニカルなニューヨーカーに逢える大人の映画である。

『マダム……』は、インドの中流家庭の妻が姪の結婚式のためニューヨークに行く。秘かに英語塾に通い悪戦苦闘の末、女として人間として自立する姿が美しい。爽やかな後味が快い。監督が元女優の四十歳。なるほどインド映画では珍しい解放感。二つの国の人間ドラマを、わが憧れのニューヨークが効果を上げている。

さて、その憧れの発端は、エンパイアステート・ビルからはじまった。

半世紀以上も前の小学生の頃、ハリウッド全盛期の予兆を示す、世界を驚嘆させた特撮の古典『キング・コング』（一九三三年）のコングが登ったビルがそれである。南海の孤島で捕えた全長十八メートルの巨猿コングが、恋した人間の美女アンを庇《かば》いながら握りしめつつ、追いつめられたビルの頂上から撃ち落とされた悲劇の勇姿に、子どもも心に涙した。

その四十三年後（一九七六年）にリメイクされた『キング・コング』で、クライマックスのビルを世界貿易センタービルにしたことに、エンパイアステート・ビルの従業員たちが「歴史を変えるな！」とデモ行進したのは、愉快なエピソードであったはずだ。そのビルのツインタワーがあの世界を震撼《しんかん》させた惨劇の的になるまでは。あの日、自由の女神像が赤い涙を流したという摩訶不思議な噂に、私の思いはある映像へ連鎖されていった。

一九六八年製作のＳＦ映画の金字塔『猿の惑星』のあのシーンである。地球からの有人宇宙船が数百光年先の惑星に不時着するが、そこは猿が支配していた二千年後の未来の地球であったのだ。その証しに荒涼とした地に半身埋まる朽ちた自由の女神が映し出されるカットである。もしかして「9・11」の女神像はこのシーンに思いを巡らせたのか。宇宙船長扮するチャールトン・ヘストンが誰に叫ぶのか、「とうとうやったんだな、地獄へ行け！」と地面を叩く姿と、女神像の俯瞰《ふかん》のラストシーンは忘れ難い。

ああ、もう決して自由の女神を泣かせるようなことのないように祈る。せめて初子・イン・ニューヨークが実現するまでは。

汚れた刺繡

季語の「日記買う」は、新年を迎える喜びや期待が込められている、と歳時記にある。だが、私は久しく日記を書いていない。

十代の半ば、花の刺繡入りの日記を五歳下の弟に見つけられ、若い継母の手に渡ってしまった。まもなく、花柄の表紙がよれよれに汚れて戻ってきた。その日記は別れた実母から贈られた秘密の宝物だったのだ。以来、記録に残らぬ記憶の頁に書くことにした。

その頁を埋めようとしている映画に『悪童日記』（二〇一四年）がある。

時代は一九四四年八月、第二次大戦末期の混迷のハンガリー。中流家庭で愛に包まれて育った九歳の双子の兄弟が、国境近くに住む祖母の家に強制的に疎開させられる。祖母の冷酷な仕打ちに目を覆う。

ベッドも毛布もなく、木の長椅子に折り重なるように寝る兄弟。過酷な労働の代償に与えられる粗末な食べもの。着替えや母から送られる衣類は売られ、極寒の冬も汚れたままの薄着。生きんがために強いられる略奪や殺人などの「悪」と「思考」と立ち向かう。

乏しい灯の下、エンピツを分け合い父の辞書を開き聖書を読み、勉強する。母と約束した大きなノートの日記に「ぼくら」の四つの眼に映るすべての真実を記す。果たして、純粋さと尊厳を失わず終戦を迎えることが出来るのか。父母の行く末と祖母との意外な結末。この不屈な「悪童」の透き徹る瞳は残酷さによって研がれる美しさである。

原作は、ハンガリー生まれのアゴタ・クリストフ女史が亡命したスイスで書いた小説（一九八六年）。監督のヤーノシュ・サースは、ユダヤ人収容所から生還した両親を持つハンガリー人。映画化を許さなかった原作者から、二十六年の歳月を経て、この監督が映画製作権を取得出来たのも頷ける。

日本でもベストセラーとなった、翻訳の堀茂樹（慶應義塾大学ＳＦＣ教授）が語る。「予定調和とは無縁の展開で読者を引き込む、とんでもない小説……、人生を変えた作品になった」と。そして、新聞書評に目を瞠《みは》った。「心理描写がなく、簡素な文章でずばり人間の本質を捉え、俳句の特徴にも似ている……」。即、書店に走った。

淀川長治の言葉が懐かしい。
「映画は、日常のすべてを教えてくれる」
「人間の勉強をするには、映画が一番」
しみじみ映画ファンとしてありがたい。

触らぬ神と羊たち

「ひつじがいっぴき」「ひつじがにひき」と眠れぬ夜に数えた羊は何千何百匹になったであろう。ほんとうに眠れるの？　と子から問われた母は、羊は神様の使いよ。だからちゃんと数えてあげたら眠らせてくれるよ。この母の答えの暗示に掛り、いつか眠っていた。気になる言葉が「神様の使い」であった。

幼い頃、両親の都合で神主の祖父母に育てられた大正生まれの母にとっての神様は、高天原《たかまのはら》の天照大神《あまてらすおおみかみ》であり、羊を生け贄《いにえ》に供える西洋の神様ではないはず。

それでも、四十九歳で神に召された母が、羊のように可哀相でたまらない。

羊と言われれば、米映画『羊たちの沈黙』（一九九一年）を思い起こす。殺人鬼として隔離されている怪優アンソニー・ホプキンス演じる精神科医の博士と、異常連続殺人事件の犯人捜査の糸口を探るために訪れるＦＢＩの女性（ジョディ・フォスター）との緊張あるやりとりが見ものであった。

作中、「群の一匹が突然襲われても、まわりの羊たちはなんの反応もせず黙っている」。

この台詞の意味合いに、どこか人間社会を示唆しているようでぞっとする。二十年以上過ぎた今もサイコミステリー映画として褪せていない。

ここで羊をもう一匹。

原作が『アンドロイドは電気羊の夢を見るか？』の米映画（一九八二年作）がある。あの『エイリアン』で世界の映画ファンの度肝を抜いた、リドリー・スコット監督がとてつもない未来へ引き込む。

時と所は二〇二〇年、米の某巨大都市。地上は降り続く酸性雨と大気汚染で、薄暗い闇に包まれた灰色の世界。対惑星との戦争や開発に備えて、人間と同じ型のレプリカント（人造人間）が、異星にて大量生産されていた。その中より、高性能のレプリカント四人（これが美しく怖い）が地球へ脱走してくる。それを、真の人間と識別し抹殺する使命の警察官が、映画タイトルの『ブレードランナー』である。細部にわたるシチュエーションの圧倒的臨場感に息を呑む。

ところが、原作の題にある奇妙な「電気羊」がどこにも出てこない。私なりに解釈してみた。レプリカントに夢を見させてくれる羊とは、電気仕掛けでなくてはならないのだ、と。もし、未来の羊が人造ばかりになったら、私たちがいくら数えても眠らせてはくれまい。

井月とボルドーワイン

芭蕉《ばしょう》、楸邨《しゅうそん》はさておき、今や「炎環」諸氏の中では井上井月《せいげつ》の人気が上昇中のようだ。〝謎の漂泊俳人〟の人となりや俳句が、当然炎環誌に度々登場することになる。それに収まらず、新年句会にて石寒太主宰の解説のもと、ついに映画『ほかいびと、伊那の井月』が上映された。

誰かが言った。まるでドキュメンタリーだね、と。それはそれで臨場感の高まりから出た感想であり、気持ちは分かる。でもちょっと待ってよ。ドキュメンタリーとは記録映画のこと。今回の上映時間は短縮の五九分。本編（一一九分）の実に半分である。観客動員のために気軽に上映出来る時間物にと、監督の意志に基づき編集した、ディレクターズカットである。短縮するため、四年の歳月をかけて丹念に撮影、創り上げた映像が省略、削除され、筋だけを追うようになってしまう。それで記録映画と言われてしまうのでは？

もしかしたら、井月を演じる田中泯《みん》の渾身《こんしん》の演技に鬼気迫る現実感を思ったからかもしれぬ。それを包み込む温かい樹木希林の絶妙な語り口、そして伊那の数々の美しい景が心に溶け込んだからかもしれぬ。

しかし、これは北村皆雄監督が、幕末の変革の時代、越後長岡藩士の出身とも推測され「物持たず」「物言わぬ」漂泊の俳人井月をモチーフに、近代俳句夜明け前の闇々とした世情を、明確に見せ聞かせたメッセージ性の強い創作文芸映画なのであると語りたい。

この『ほかいびと』が、二〇一五年四月にフランスの二都市で上映が決まったそうだ。フランスと言えば、ご近所のイタリア発のこれぞドキュメンタリーの秀作に出会った。『ローマ環状線、めぐりゆく人生たち』（二〇一四年公開）。原題は『環状線』。

大都市ローマを土星の輪のように囲む環状高速道路ＧＲＡから、観光のローマではない本当の市井《しせい》の人々の断片を、音楽、解説なし、ひたすらカメラだけが回り繋いで見せる。出会うことのない普通の人々の持つ物語と歴史に、愛おしく奇跡と神秘を感じる。カメラの存在を知らず営み生き続ける生の声。伊文学カルヴィーノ『見えない都市』の世界を彷彿とさせる。登場者たちを紹介出来ないのが残念。久しぶりに嘘のない感動を味わった。

ともあれ、伊那からフランスへ渡るわれらの井月は「千両せんりょう」と、ボルドーワインに酔いしれることであろう。

お嬢さん乾杯！

大衆娯楽として映画全盛時代のそのむかし、東京を拠点としてのロードショウ（映画の封切興行）が、地方都市へ流れていくのには大きな時間差があった。日本の離島北海道に住んでいた頃も例外にあらず、公開日時差別を被っていた。

そんな映画ライフの三十代半ば、アカデミー作品賞獲得の『ロッキー』（一九七六年作）がお勧めと連絡が入った。

だが、まったく興味のないボクシングの内容だったので躊躇《ちゅうちょ》した。殴り合って勝敗を決める男子特有の、野蛮で暴力的なスポーツと思い込んでおり、アメリカンドリームを体現する秀作などと前評判を聞かされようが、どうしても認めたくなかった。

しかも、無名に近かったシルベスター・スタローンの泥臭く脂ぎった一番苦手なキャラクターが、世界チャンピオンに勝負を挑み、苦辛の果て人生に勝利するなんて、そんなのはスマートではないと決めつけ、迷うことなく『ロッキー』は棚上げにしてしまった。

そんな折、「戦後の木下恵介監督特集」があり、その中より『お嬢さん乾杯！』（一九四九年作）を選んで観た。元華族の令嬢が縁談話のある自動車修理業役の佐野周二から、ボクシング試合場に付き合わされる。

観戦を愉しんでいる彼の隣で、リング上のファイトが怖く目を伏せていたが、いつのまにか握り拳を胸に置きファイティングポーズを作り、体を振っているではないか。そのお嬢さん役の原節子の、なんと爽やかな凛々しさよ。私まで拳を振り上げて〝カンパイ〟と叫びそうになった。敗戦後、新社会体制になり華族制が廃止され、没落貴族の斜陽族と自由業の成金青年とのチグハグなやりとりが、ボクシングを介して快いテンポの異色都会喜劇として、封切当時大ヒットしたそうな。

あっ、これがボクシングなのか、と想い出したような不思議な快感を覚えた。これはきっと、あの『ロッキー』を棚から下ろせ！　の暗示に違いないとも思った。

それからまもなく、電話が入った。

乳癌が悪化し、危篤である、と。その震える声は高校時代、演劇部の同期だった良き友の夫であった。上京すべきか迷ったが、逆らうことの出来ない見えぬ力に引き込まれ、航空券を求めていた。

危篤の友の夫は、元ボクサーであった。

摩天楼はバラ色

自由の女神は微笑んでいた。

ついに拝顔叶ったのです。ニューヨークに留学している友人を訪ねることをダシに、春の遅いアメリカ東部周遊七日間ツアーへ、駆け込んだ。

まずは霙《みぞれ》のワシントン。ホワイトハウスとアメリカの神殿・国会議事堂は厳戒態勢の中、決められた位置から権威ある姿を眺めただけ。リンカーン記念館のリンカーン像が、厳かにして崇高な景観であった。この真っ白い巨大な像は奴隷解放の象徴なのであろう。

衝撃を受けたのは、スミソニアン航空宇宙博物館である。ライト兄弟の一九〇三年のライト・フライヤー号からはじまり、地球と月を結んだアポロ11号など、時代背景に準じつつの展示が興味深い。しかし、真珠湾攻撃の日本の戦闘機や〝神風特攻〟の0《ゼロ》号のレプリカなどが吊されているのに、東京の空を真っ黒にして焼夷弾を墜したB29や、広島、長崎の空まで原爆を運んだ爆撃機の展示のないことに、ある種の脅威が背中を奔った。

翌日は、独立宣言地として自由・平等の誇りと熱気の漲る街、フィラデルフィアに到着。

このアメリカ合衆国誕生の地を舞台に『ロッキー』が、独立宣言の二百年後（一九七六年）に製作され、世界に発信されたのは決して偶然ではない。歴史公園に建つロッキーの銅像がそれを語っている。

そして、ニューヨークには夜の到着。マンハッタンの夜景を望むトップ・オブ・ザ・ロック展望台（ロックフェラーセンター70階）に上った。月光を浴びたエンパイアステート・ビルの均整のとれた美しさは息を呑む。実に完成後八十余年、どれほど愛されてきたビルであることか。摩天楼という日本語に敬意を表する。

摩天楼より新緑がパセリほど　鷹羽狩行

さて、自由の女神像の建つ小さな島は自由・解放の意味のリバティ島である。慈愛に満ちた表情と右手に掲げるタイマツは、移民たちの自由と希望を表し、足元には切られた鎖があり、台座を含め九十三メートル全身自由の証しである。

秀作『チャップリンの移民』（一九一七年）の中、ヨーロッパより綱に繋がれ、首に移民の札を下げ積み込まれてきた船から、アメリカ大陸と自由の女神が見えたその瞬間、一瞬にして解放され歓喜に満ち溢れた表情に感涙する。自由の国、ビバ・アメリカ！

それでも、しみじみと実感する。日本に住むことの幸せを。

ひとりっきりの幸せ

俳句の季語は飾りや説明は無用。「省略の美学」ありきである。

映画もまた一目瞭然、映像が語ってくれる。小うるさいナレーターや下手な台詞は時に耳を汚すことさえある。とはいえ無声映画ならいざしらず、音のない映画など論外であった。しかし、日本初上陸のウクライナの新鋭M・スラボシュピツキー監督の『ザ・トライブ』(二〇一四年作)に、その概念を根こそぎ崩された。

物語は、全寮制の聾唖《ろうあ》学校に入ってきたひとりの少年が主人公。一見穏やかな学園の裏には暴力と犯罪、売春の悪の種族(トライブ)で形成された階層性があった。

そのグループの悪に巻き込まれつつ、リーダー格の恋人の少女を愛してしまい、酷《ひど》いリンチを受ける。登場人物はすべて聾唖者のみの声のない演技。字幕も吹き替えも、音楽も一切なし。すさまじいスピードの手話や、体現表示による怒鳴り合い、殴り合いの描写など、我々の耳を通さずに彼らの感情や心情が雄弁に胸に聞こえてくるのは、なんと不思議なことか。ついに、少年の怒りと憎悪が決断するそのラストシーンには、声を失う。

衝撃の一三二分。映像の持つ力の呪縛から、いまだ解かれないでいる。

さて、これとはあまりにも対照的な英国映画『おみおくりの作法』（二〇一三年作）に膝を正そう。古き良き時代の日本映画に見る静かさである。主人公ジョン・メイは四十四歳独身。ロンドン市役所民生係。仕事は、ひとりっきりで死んでいく孤独死者の縁者を探し、故人に合った葬送曲を選び、聞く者がいずとも弔辞を書き読み、敬意を持って見届ける。役目を超えた誠意ある弔い、それが彼の作法であった。

私生活も几帳面で、寝食規則正しいジョンに、人員整理の解雇が告示される。最後の仕事として、存在を知らずにいた近所のひとりの老人の死に関わる。娘のケリーと交流し、いつしか心の通い合う自分に気がつく。

いつもの紅茶ではなくココアの味を知り、ケリーとカフェやパブに行く楽しみも知る。さあ、『STILL LIFE』（原題）だったジョンの新しい人生がはじまるのだ。そして、真に生まれ変わる奇跡的なラストシーンに、如何ともしがたく、胸がつまる。

孤独死に尊厳を導く演出の、監督U・パゾリーニはL・ヴィスコンティの末裔《まつえい》と知り納得。この両極端な二つの映画から、人間の根源に秘められた謎が解けるかもしれない。

桐の葉いずこ

ずいぶん若かった四十数年前、某大学教授の比較政治学の講演を聞いたことがあった。日本と北欧のどこやらの国とのお話だったが、とんと覚えていない。でも想い出した言葉がある。「物ごとの比較とは優劣をつけるものではなく、互いに成長するための存在を認め合う敬意ある試みである」であったと思う。

俳句に喩えれば、AとBの句を比較することによって、あるがままの作者や作品の背景を尊重し合うことに繋がるであろう。映画を例にすれば『七人の侍』（邦・一九五四年）と『荒野の七人』（米・一九六〇年）とを、銘酒を飲み比べるように比較する愉しみも否定出来ない。

それはそうと、気になっていた映画を観た。

昭和五十年代から最近まで、小学校の教科書に載っていた児童文学の映画化であり、四国を舞台にボートレースの青春を描いた『がんばっていきまっしょい』（一九九八年）で注目を浴びた磯村一路《いつみち》監督の新作『おかあさんの木』（二〇一五年）である。

物語は百年近く前の信州の村、郵便局員だった夫が急逝し、遺された七人の息子と恙《つつが》なく暮らす母に、戦争の影が色濃く押し寄せていた。

ついに太平洋戦争が勃発《ぼっぱつ》する。息子たちがひとり、またひとりと徴兵され戦地に赴く。息子を送り出すたび母のミツは、桐の木を庭に植える。生長していく木に子の名を呼び「元気かい？　生きて帰ってきてね」と語りかける。しかし、次々と戦死の知らせが届き、桐の木もとうとう七本になっていた。

「必ず帰ります」の手紙を最後に音信不通になった息子二人に、おかえりなさいを言うまではと、力の限りを尽くし生きる。これぞ銃後の母の見せどころと鈴木京香が熱演する。

原作は『おかあさんの木』。作者は平和運動にも力を注いだ大川悦生（一九九八年没）で、ポプラ文庫のたった十二頁の短編。だが上映時間は一一一分。戦争に抗《あらが》うことの出来ぬ日本のあの時がたっぷりと申し分なく描かれている。

さあ、日本の母として映画と共に号泣するぞと期待した。だが、涙が出てこない。何故か？　戦禍の体験や現実感の貧しさからだろうか？　そんな雑念を抜けて突如遠いむかしの女たちの戦争映画が浮かんだ。『日本の悲劇』（一九五三年）、『二十四の瞳』（一九五四年）、『ひまわり』（一九七〇年）等。涙の欠如は名画との比較のせいであった。

なにやらきな臭い昨今、評論や反論はやめて比較論を楽しもう、お互いの幸せのために。

母は何者？

女の子は西部劇は観ないもの、そう、勝手な持論を振りかざしていた時代があった。中学から高校の頃であったかと。それもそのはず、物心つくまで母に連れられ、わけも分からず母好みの映画を観続けて、気がついたらそれらの作品の中に、少年や男たちが映画館に列を作った「ターザン」や「カウボーイ」の颯爽と現れる映画が、ほとんどなかったのであるから。しかも、悪いことに八歳の時出会ったハリウッドの『アラビアン・ナイト』（一九四二年作）の色鮮やかなスクリーンでくり広げられるエキゾチックな世界の虜《とりこ》になり、それ以来、歴史活劇の主に伝記的、空想的なジャンルへと向かっていたからである。

いつの頃か、母に問うてみた。どうして西部劇は観ないのか、すると、返答が早かった。「アメリカの開拓のためと言っては、先住民のインディアンを追い払う横暴な討伐や、開拓民の苦労話など、あまりに楽しくないものね」。それに対し、好きな俳優が出ていても？などと聞いてみたかったものだ。だが確信した。そんなことが言えるのは、きっとどこかで観ていたからに違いない、と。

そして、外国編はヨーロッパ映画が多いわけも分かった。

忘れ難いことがある。十一、二歳頃、友だちと美空ひばりの映画を観に行きたい、とねだったら「そんな子どもだまし、やめなさい」。えっ？　わたし子どもだけど、と反論する間もなく母が言う。イタリア映画の『にがい米』（一九四九年）が来るから観に行こう、と。その『にがい米』を観た記憶がないまま、何十年後かに改めて観て、ただただオドロク！　ネオリアリズムそのものであった。

戦後十年足らず、三十歳前後の普通の主婦であった母は、いったい何者？　いずれあちらの世で母と映画の話をすることを楽しみにしている。

さて、やっと新旧の西部劇を観はじめた頃、ベトナム戦争を境に本来の西部劇が姿を消そうとしていた。時代が映画を変えていることに逆らえないまま、ここにきて新作西部劇が公開された。何故か製作は米国ならず、脚本も監督もデンマーク。主演は世界から注目されるデンマークの至宝「マッツ・ミケルセン」とあれば、内容はどうあれ、まずは映画館へ急いだ。タイトルは『悪党に粛清を』（二〇一四年作）であり、その日の猛暑がみごとに吹き飛んだ。

新聞のシネマ欄に「西部劇ってこんなに面白いんだ、と久しぶりに感じさせてくれた」とある。まずはこの他国西部劇をご覧ください。

向日葵とハンカチ

信号待ちだった。

猛暑のせいか目の前の景色がゆがみ、ぼやけてきた。体の芯がほぐれて、足裏から力が抜けていくようだった。赤から青になるはずの信号が、黄色に点滅していて、目がくらんできた。おや？　歩行者用の信号には黄色はないはずだが？　あっ、もしやこれは、熱中症の症状かも、と思ったその瞬間、頭の中で「注意せよ」と警鐘が鳴った。正気に戻ったその時、信号はくっきり青だった。

わが夏の、黄色の怪であった。

そんな折、某新聞のコラムの「黄色は災いの色である」が、目に入った。「長崎原爆資料館にある、長崎に投下の原爆『ファットマン』の模型を、従来の緑色から、実物の黄色に塗り直した。黄色だった理由は視認性が高く、上空から追いやすく、狙い通りに落ちるためであるとか。冷酷な黄色である。塗り直したのは正しい」。黄色の明るいイメージを無惨にも崩された記事である。

黄色ならば、太陽をひとり占めするひまわりが浮かぶ。そうなると映画『ひまわり』（一九七〇年、伊・仏・ソ合作、監督ビットリオ・デ・シーカ）を語らざるを得ない。戦争から戻らぬ夫を捜して、イタリアからソ連に渡り、群れ咲くひまわり畑の大地に佇むソフィア・ローレンの姿は忘れ難い。そこは極寒の戦場で、夫役のM・マストロヤンニが生死をさまよい、ソ連の娘に救われた地。多くの戦死者の御霊が咲かせたひまわりであったろう。これも、冷酷な黄色である。

だがここで、希望の色として引用された邦画（一九七七年・監督山田洋次）『幸福《しあわせ》の黄色いハンカチ』がある。これは、戦争ならず刑務所から服役して戻る夫を、留守の妻が迎える約束の証しとして、自宅の前に掲げる黄色いハンカチを意味している。しかし、電柱にロープを渡し何十枚も、運動会の万国旗のように吊し並べるのは、希望や寛容の押し売りになってしまうのでは？　掲げるのは一枚だけでよい。それが愛を貫き、どんなに大切な気持ちで待っていたかを表すに余りある。タイトルの「幸福」もいらない。「黄色いハンカチ」これだけで、観客の期待や想像を膨らませることになるのでは？

山田洋次大先生、お許しを。黄色は罪深い色でもある、と言える。

さておき、二〇一五年八月米テニス、シティ・オープンで錦織《にしこり》圭に優勝のプレーを運んだスニーカーは、鮮やかな黄色であった。

白い家

「炎環」二〇一五年八月号のほむら通信に掲載された山口紹子さんの原文を拝借すると、「『カサブランカ』を再び観る機会があり、むかし感動した映画も〝なんだこんなメロドラマだったのか〟とがっかりした」とあったが、ごもっともで、まったく同感である。

戦後七十年、映画全盛時代を生きてきたオールドファンやマニアにとって、良し悪しはともかくとしてお馴染みのタイトルである。最初に観たのは二十代末の頃であったか。

物語は一九四〇年頃、反ナチのリーダーがアメリカへ脱出するため、連れ添う妻のむかしの恋人と知りながらフランス領モロッコの酒場の主に、パスポートを頼みに行くのだが……。この非常時に妻のイングリット・バーグマンのお人形さん的美しさに緊迫感がなく、主人公のキザな台詞と男の身勝手さが、めめしく甘ったるく、紹子さんのお言葉通り「こんなメロドラマ」なのである。ともかく、製作の年が一九四二年、あの戦争中のアメリカ国内であったということは、今となってみれば戦勝国のおごりが潜んでいたのではないか。古い対談集『映画千夜一夜』を引用してみた。淀川長治氏は「単純で清潔ぶって、ちっともよくないもんね」。蓮實重彦氏は「ハリウッドの恥ですね（笑）」。山田宏一氏は「いかにもハリウッドならではの、メロドラマの香り」。三人三様のエスプリの効く言葉である。十五年ほど前、わが店レストラン「チャンピオン」の映画ファンの常連客三十名による、洋画ベスト五十選では、『カサブランカ』は、男六点、女一点の七点のみ。やはり男の映画である。

カサブランカとは、ラテン語で「白い家」を意味する。この映画の企画当初、酒場の主ハンフリー・ボガートの役は別に候補者がいた。ハリウッド俳優組合の会長を務め、信頼されていた男優だった。しかし彼は、この役は自分の役柄ではないと辞退したのだ。その彼こそ四十年後、アメリカ合衆国の第四十代大統領に任命され、カサブランカならぬ、本物のホワイトハウスの主となったロナルド・W・レーガンその人である。まさに事実は小説より、いや映画より奇なりである。あの三流映画が長年にわたり語り継がれる理由のひとつが、ここにあるのだろう。

ミスター・レーガンが夫人と肩を並べ、ホワイトハウスの中、『カサブランカ』を鑑賞している姿こそ、ドラマチックではないか。

月の影

どうしても観たかった。小学三年の頃であったか。わが小学校が新型天体望遠鏡を購入した記念に、その夜八時に学校で観察させてくれるとのこと。ゼッタイに行くと決めた。戦後まもない昭和二十五、六年頃の北海道の町に、新しい望遠鏡が目の前に登場するなんて、月や星を夢見る少女にとって、飛び上がらんばかりの感激であった。

月を覗く望遠鏡のレンズに、この瞳が吸い込まれた瞬間のときめきは忘れない。月の海や山が鮮明に触れんばかりに、大きく白く迫った。欠けた部分の闇が幽玄な趣で目の底に焼きついた。それからしばらくは日々、月の話にどっぷりつかっていた。

いたずら心から、母に質問を投げてみた。「月では、うさぎがお餅をついているってホント?」と、「ほんとうよ、ちゃんとついているよ」。この不意をつかれた答えに「だれが食べるの?」と聞くと、「人間よ、人は死んだらみんな月へいくからね」。なんということ！「死んだら月へいく」、その言葉に望遠鏡から見た月の闇が浮かび、信じてあげようと思ったものだ。

「月へいく」話となれば、餅搗《つ》くうさぎならず、アポロ11号ならず、われら日本人にとってはかぐや姫の他に語れない。

一昨年（二〇一三年）公開の高畑勲監督のアニメ映画『かぐや姫の物語』は、種々映画賞に輝く評判を博した傑作であり、うるさくケバケバしたというアニメの認識が感動に変わるはずである。日本最古の作り物語として作者未詳の、誰もが知っているが、実はよく知らないのがこの原作名『竹取物語』なのかもしれない。アニメの秀作『火垂るの墓』（一九八八年作）で日本中を号泣させた監督が、かぐや姫を現代に蘇らせた。それにしても、なぜかぐや姫は月から来て月に帰るのか。改めて考えてみたい。

姫の成長の背後にある貴族社会によって強いられる、ひとりの女性の歴史を見せる。「私は誰？　何者？」と嘆きながら、捨丸という青年との交流を通して自立していく姫に、出会いと別れのこの世の無常を、和紙に描いていく一本一本の線の滲む映像が訴える。強いメッセージを残して満月へ旅立つかぐや姫を留めることも、追うことも出来ない。

娯楽作品の一級品として必見の価値がある。

今年の仲秋の名月は、稀に見る美しさであった。手を振るかぐや姫や、餅を頬張る母が見えるようであった。

招かれて月の都に御座《おは》す母　初子

ノスタルジア

「シャバーニ」と名乗るイケメン風の写真に惚れ惚れする。二〇〇七年豪州より婿入りし、その凛々しい存在がツイッターで投稿されるや「渋すぎる」の人気に火がつき、ＡＦＰ通信、英ＢＢＣ、米ＡＮＮなど世界のメディアが取り上げブームを起こした。扶桑社が写真集まで出版したのも納得がいく。

さて、そのミスター・シャバーニの正体とは？　住所は名古屋・東山動植物園の一舎で妻子と暮らし、二〇一五年十月に十九歳の誕生日を迎えた男盛り（人間なら三十〜四十代）の、ローランド・ゴリラなのだ。西アフリカに生息し、知能的で情深く、統率力があると聞く。

何を隠そう、私が生まれ変わりたい一番がゴリラなのである。お笑いくださるな。そのむかし大島渚監督が、チンパンジーに恋する人妻の映画『マックス、モン・アムール』を、フランスを舞台に優雅に演出した記録だってあるのだから。

そもそも、類人猿への傾倒は一九八四年、俊英ヒュー・ハドソン監督の米映画『グレイストーク』（ターザンの伝説）との出会いであった。戦前から、ターザン映画は四十数本作られてきたが、何故ジャングルに住み人間や動物と話が出来るのか、一体何者なのか一切説明なしの、表面的な活劇物に過ぎなかった。

しかし、これは原作のエドガー・R・バロウズの『類猿人ターザン』を忠実に描いた史上空前の超大作なのである。

あらすじは、一八八五年スコットランドの名門グレイストーク伯爵の息子クレイトン卿夫妻の旅の船がアフリカ沖で難破した。数か月後、ジャングルの木の上に建てた小屋で、妻は男児を生み落とし、息をひきとる。クレイトンも猿の首領に殺される。二人の遺児は赤子をなくしたばかりの雌猿に拾われ、想像を絶する運命を生き、類人猿の社会で仲間たちに頼られる王者として成長した。そこへ、ベルギーの探検家が現れ、スコットランドに連れ戻され、いきなり人間社会を知ることになる。文明と自然のはざまで、人間ターザンの優しさ・愛・苦悩が描かれ、胸がしめつけられる。

ターザン役に抜擢されたクリストファー・ランバートの猿人間の演技に世界が驚愕した。ちょうどその頃、上京まもない私は強い郷愁を重ねたのを忘れない。

猿年の平成二十八年を迎え、文明社会とは何か、すこし考えてみたい。穏やかな一年であることを祈りつつ。

キャンバスの魂

美術大学出身の知り合いに、映画『FOUJITA』（仏語のフジタ）を観たかと聞いた。「伝記物語には興味ないの。ドキュメンタリーなら別だけど」。それもまたこだわりのひとつか。

フジタとは藤田嗣治《つぐはる》（一八八六～一九六八年）のこと。戦前パリに渡り「五人の裸婦」の絵画など乳白色の肌と讃美され、エコール・ド・パリの寵児《ちょうじ》となった。その半生をあの『泥の河』（一九八一年）の小栗康平監督による日仏合作で、フジタの役にオダギリジョーを起用する映画とあらば、ぜひ観なければならない。

すべては昨年の夏、新聞の一面を占めていたカラー刷りの戦争画『アッツ島玉砕』（一九三・五×二五九・五センチ）の一枚の絵からはじまった。その激戦の鬼気迫る筆捌きより断末魔の叫びまで聞こえ、耳から離れなかった。それから、藤田嗣治にこだわり続ける日々となる。

先の戦争中、日本の軍部が国民の戦意高揚の目的で、帰国していた藤田の才能を頼みに、数多くの戦争協力画を描かせたのだ。

　軍医を父に持ちながら参戦出来なかった複雑な感情、キャンバスに描く想像の修羅場に魂を売る藤田の悲鳴さえ聞こえる。それにも増して息を呑む美しい女たち、静かなパリの風景、終戦の日本の姿など近代日本への原点を目の当たりにして、竹橋の美術館を後にした。

　小さな映画館の『FOUJITA』の一二六分のスクリーンは大きかった。前半は一九二〇年代、失意と成功の藤田をピカソやモジリアーニが取り巻く華やかなパリ。後半は一九四三年から敗戦までの妻（中谷美紀）と暮らす疎開先の日本と、二部構成になっている。戦前と戦後、パリと日本の二つの世界を生きなければならなかった藤田の心の起伏を、静と動の印象画のようにゆっくりと重厚な映像が、想いをひろげさせてくれる。

　上映中、いきなり館内の二、三人の客が、がさごそ動きぶつぶつと騒《がさ》つきはじめた。不満なら退場すべきだ。このマナーに反する客は見当違いをしていまいか。エピソードの積み上げを期待したか。説明や解説を求めたか。作中、戦争画の前で卒倒する婦人に、藤田は静かに黙礼する。このシーンに台詞や説明は必要だろうか？　映像がすべてを語り尽くしている。

　ありきたりな伝記物ではないことを、美術大出身の彼女に伝えたい。

夢のあしあと

夢をまったく見ない人はいないだろう。わが伴侶はよく夢を見るそうだ。昨夜何を食べたか忘れるのに、昨夜の夢だの、おとといの夢だのとよく覚えていて夢を語っている。戦中戦後に少年時代を経て、せめて夢だけは胸いっぱい抱えた習性の表れか。そんな夢の男が、この正月初夢を見なかったと、実に寂しい顔をした。そろそろ夢と現実の境界が薄くなる年齢に差し掛かる頃かと、見たのに忘れたのでしょう？　とは可哀相で言えなかった。

さて、たかが夢とばかりは侮れない。そのむかし、東京下町の明治生まれの東大出身弁護士、正木ひろし氏はメモのために常に枕元にノートとペンを置いて寝床についた。そうして未解決事件の真犯人の決め手となる証拠を、夢に教えられ罪なき人々を救ったことが、自著『夢物語』に記されており、昭和の守護神としてその名を知らしめた。

こんな夢を見た。

これは夏目漱石の異色作『夢十夜』の一夜から十夜までの、はじまりの言葉である。

各編に漂う異様で、かつ不気味な雰囲気と悲愴感は読むたびに魅力が深まる。死んだ女を約束通り百年待つ男。不気味な子どもを背負って歩く男。「こんな悲しい話を夢の中で母から聞いた」で終わる若い母子の話等々。ことの顚末《てんまつ》をここで語り尽くせないのが歯がゆい。漱石は、夢に現れる無意識の世界を詩文に再現することで非合理的な自己の存在を確かめんとし、そこに悲痛な文学精神が凝縮されているのではないか。漱石俳句とは異次元の世界である。

こんな重要な異色作を、ゼッタイに映画化しないでほしいと望む。たとえ作り物であっても、夢は個々の脳裏の中に浮かぶもの。形にすれば現実化して夢ではなくなるのではないか。そう言いつつ、黒澤明の『夢』（一九九〇年）が浮かぶ。

公開当時、世界のクロサワの夢とあらば、と大いに期待した。しかし今となれば、狐の嫁入り行列や、戦死した兵士の亡霊たちがトンネルから整然と行進してくるシーン等が、黒澤の夢がデフォルメされた映像として印象的だった。

最近知ったことだが『夢』の当初のオリジナル脚本の表題は『こんな夢を見た』であり、映画本編は八話だが原案は十話であった由。漱石への敬畏の念が偲ばれる。敬畏とは、夢に現れる願望とも言える。夢を持ってこそ、夢から力を得ることが必ずあるはずである。

一期は夢一会はうつつ旅はじめ　石　寒太

八人目の侍

生涯のベストワンや、皆の知っている映画のことを書いてください、と言われた。私としては、あまり知られていない新作などを紹介する方が、発見があり、ぜひ見てほしいと願う気持ちも強かったのだが、生活のスパイスとして暗い映画館へ通いつめて、映画人生の黄昏を迎えた今こそ、生涯の一本はこれ、と即座に答えられる作品は何かを考え抜いた。

分野別にすると沢山あるが、とりあえず日本映画の娯楽部門では、変わることなくベストワンは『七人の侍』（一九五四年）である。言うまでもない、黒澤明監督の傑作ヒューマンアクション時代劇と言っていい。オリジナルの二〇七分ものを観た時の、世の中にこんな面白い映画があったのか、と感動した記憶は薄れていない。

数々の伝説と神話的な栄光は周知の通りだ。米ハリウッドが翻訳権を買い取り、製作した『荒野の七人』（一九六〇年）はあまりにも有名。

『七人の侍』の物語は、戦国時代ある農村に毎年のように襲ってくる野武士の群れと戦うため、志村喬扮する村の古将勘兵衛は、村の有志たちに侍を雇うよう促す。ひとりずつ探し出すシーンに深い味わいがある。集まった侍たちの魅力のある人物像が、この映画の軸になっている。

特に三船敏郎扮する菊千代のなんともコミカルにして、わけの分からぬ破天荒な面白さは人気を博し、「菊千代後援会」が発足され、漫画家の赤塚不二夫の飼い猫の名が、その菊千代とつけられたとも聞く。

原作はなく黒澤と橋本忍・小国英雄の製作脚本は、史実の文献を研究して種にしたそうだ。

野盗の人質にされた村の子どもを救うため、勘兵衛が髷《まげ》を剃り落とし偽の坊主になるくだりは歴史的に伝わる物語を、若輩の侍が腕試しのため稲葉義男扮する侍に切りつけるのは塚原卜伝の実話より、宮口精二の剣の達人に挑む剣術は柳生十兵衛の新陰流から引用された、とのことである。

劇中、身を守るため男装している村の娘と若い侍木村功との恋の芽生えが、ひとすじの涼風のように清々しい。

ついに、七人の侍と村人たちが野武士と霙まじりの悪天候の中、映画史上に残る激戦の画面の中へ入り込む。私は、八人目の侍になっている。ラストの、生き残った勘兵衛の「勝ったのはあの百姓たちだ。俺たちではない」の台詞が長く記憶に残っている。

植民地？

春の穏やかな月を見上げていると、お隣の存在が気になってくる。といっても、塀を隔てたおトナリさんではない。我ら人類が住む地球の隣を回る火星のことである。子どもの頃、火星にはフニャリとタコの足のような火星人がいて、いつか会えるとあらぬ空想に耽っていたものだ。

昨年、五か月ぶりに宇宙ステーションから帰還した飛行士の油井亀美也《ゆいきみや》さんが「次は火星探査機に乗りたい」とアピールしたとか。

その火星へ一九七七年、NASAの有人宇宙船が打ち上げられ着陸に成功。赤い地表を三人の飛行士が探査する姿がテレビ放映された。ところが、地球への帰還中ロケットの故障で爆発大破。名誉の死を遂げた三士の葬儀場へ駆け込んで行く三人の姿が……？

ストップ！　ここで時間を巻き戻そう。実はそのロケットは発射前に故障が発覚していたのだ。計画を中止するとNASAの予算が削られると分かり、そこでコックピットから降ろされた三人は、火星に見立てたセットで芝居をさせられ、テレビ撮影をしたのだ。ロケットは帰途の宇宙で爆発消滅ということにした。となると、秘密を知った三人は逃走するしかない。

ＮＡＳＡに追われ身の危険を冒しながら、嘘の弔いに佇む愛する家族の許に走る。ここでＥＮＤ。これが、テレビの機能を逆手にとった皮肉なアイデア秀抜の映画『カプリコン・１《ワン》』（一九七七年）である。米では製作不可能。英国監督Ｐ・ハイアムズだからこそのクールな緊迫感あふれる逸品を大いに楽しめた。

さて昨年秋、ＮＡＳＡが二〇三〇年に有人探査機を火星に送り込む計画を発表した。いよいよの火星旅行のタイムリーに便乗してか、米映画『オデッセイ』が公開された。火星での探査中に災害に遭遇しひとり取り残された飛行士が、数々の苦難と戦い生還するお話だが、『エイリアン』を世に出し、『ブレードランナー』の近未来ＳＦ映画作家リドリー・スコットの火星が舞台とあらば、どんなに期待したことか。

だが火星の世界を妙なリアリティに凝り、厖大な経費を掛けたであろうセットや宇宙関係の器具などが印象に残っただけであった。米国の強さのメッセージかも。

ひとつ、気になる台詞がある。植物学者の主人公が火星のドームにジャガイモを植え、成功して「はじめに植物を栽培したら、その地を植民地に出来る」と呟く。これは何を示唆しているのか。製作国アメリカに訊きたい。

映画が先か、原作が先か

過日、ある古い映画のチラシに記す、コメントの凄さを見つけた。

「これほど愛され、これほど話題になった作品は他に類がない。いま見ても強い感動に打たれると共に、当時の映画人の心意気と誇りが、ひしひしと感じられる。まさに世界の映画史上、永久に記憶される最大の名作と言えよう」と、なんとまあ大仰なこと。

「原作は、既に三〇か国語に翻訳され、いまなお止まることを知らぬ超ベストセラーとして、若い女性の永遠のバイブルである」とまで謳われている。

この米映画は製作の一九三九年に作品賞をはじめ十個のアカデミー賞を攫《さら》っている。これは、戦後の映画芸術を高めた元祖と言わしめた『風と共に去りぬ』である。

実は、昭和末期までわが外国映画のベストワンとして宝物にしてきたものでもある。が、今やオリジナルの二三二分の完全版は、何処の蔵に預けてしまったのだろう。

古い話だが、高校時代の授業中、机の下でこっそり『風と共に去りぬ』を読んでいて見つかり、本も取り上げられその場に立たされた。すぐ職員室に呼ばれたが、先生の開口一番の「映画は観たのか？」にびっくり。

観たと答えると、本とどっちが面白いか？　と感想を求められて、「主人公のスカーレット・オハラの生き方に感動し、アメリカや南北戦争のことをもっと知りたいと、原作を読んでいる途中なのでまだ分かりません」と、臆面もなく答えてしまった。

先生は「あれは原作が女のせいか、スカーレット側から描かれているから、女性が感動するのだろう。自分は男として南部貴族のスカーレットの逞しくわがままな美しさが生意気で、レット・バトラーが哀れに思えたよ」と。私は声をあげそうになって聞き入った。

そして「映画を観るだけでなく、体験出来ない人生を共有するものとして原作を読み、映画にない場面を想像して楽しめるものだよ。だが、授業中を読書の時間に変えてはいかんなぁ。以後注意！」と、叱られながら、さらに映画にのめり込む予感がしたことは、今も懐かしい。

戦時中、小津安二郎監督が嘱託軍属としてシンガポールの任地で『風と共に去りぬ』を観て「こんな映画を創る国と戦争して勝てるはずがない」と語ったのは、芸術家としての作品へのオマージュであったと、胸に響く。

記憶の箱

「俳諧は三尺《せき》の童にさせよ」は、芭蕉の名言として広く記憶されてきた。ところで、人が記憶に留めることの出来るのは、いったい何歳くらいか？

顧みて三尺ならず、三歳の時分に観た忘れない映画がある。映画館とはいえ田舎の芝居小屋。畳の桟敷席からの小さな暗い画面に、白く揺れるものが突如現れ、悲鳴と共に女が階段から転げ落ちる。そのゆらぐものが、今思っても怖い。

題名は『凸凹幽霊屋敷』。一九三〇年代米国の喜劇コンビのアボットとコステロの人気シリーズであったようだ。ところが、この劇中雨の夜のドライバーたちが道に迷い、辿り着いた空き家で寛いでいると、女が滑って転び、雨漏り受けのバケツにお尻がはまってしまう。

そのシーンに私は小さな手を叩き、声をあげて喜び、周りの大人たちに大いに受けたとか。「よほど、面白かったのね。憶えているでしょ？」と後のち母に言われたが、実はまったく記憶にない。恐怖感の方が印象に残ったようである。

　さて、桟敷席と言えば仏映画の奇跡『天井桟敷の人々』を登場させたい。第二次大戦中ドイツ占領下のパリで三年三か月を要して製作、完成したのは終戦の一九四五年。マルセル・カルネ監督の十九世紀を舞台にした一九五分もの壮大な人生ドラマである。七十年の時を超え、世界映画史上に輝く金字塔は、今なお名作ベスト上位にランクされている。

　二〇〇五年再上映の折、『火垂るの墓』の高畑勲監督のコメントがある。「何度観ても、面白さが増す……贅沢極まりない俳優たちの大競演を堪能し醍醐味に酔い痴れる。映画にこんな時代があったのかと感慨無量になる」と。心底共鳴する。

　物語の細かいシチュエーションなどは記憶が薄れているが、主演女優アルレッティの息を呑む美しさ、ジャン・ルイ・バローの驚異のパントマイム、綺羅星《きらぼし》の如きパリの喧騒。その途轍《とてつ》もない感動だけは忘れない。抑えられてきた自由への渇望が、戦後いっきに花を咲かせたパリっ子の粋に、世界中が諸手を挙げて歓喜した。

　もし、この映画を「三尺の童」に観せたら、どんな感想を記憶の箱に収めるだろう。いつか誰かに訊かれたらどこかの国の大人のように「記憶にありません」とだけで片づけないでね。ともあれ、記憶を探ってみるのは、発見に繋がるだろう。

白雪姫

「五七五」は、ご・しち・ご、と口にすると小気味よい響きが残る数字である。日本人は、そのむかしからけじめや区切りをつける意味から、割り切れない数を好み、一・三・五・七・九は祝儀の数として「めでたい」とされていたそうである。さしずめ五・七などが身近な数と言える。だからこそ、俳句の中七は柱と言われるひとつの所以《ゆえん》なのかもしれない。

してみると、生活のそっちこっちに「七」が転がっている。何回転んで起きても「七転び八起き」、一つでも「七不思議」、五色でも「七色」、一つの地球の海を分けて「七つの海」、「七光り」「七変化」「七つ道具」「七日正月」「御七夜」「七五三」「七夕」「七草・種」「七人の敵」、ありがたや「七福神」、とにもかくにも挙げ切れない数だ。

映画の分野でも然りである。世の殿方を酔わせたM・モンローの『七年目の浮気』、男たちの青春『007』、往年のおやじ族の憧れ『七つの顔の男だぜ』、戦後の復活ミュージカル『略奪された七人の花嫁』等々。そうして辿りつく『七人の侍』。

さて、私の「七」の原点は、グリム童話史上初の長編テクニカラーアニメとして一九三七年製作のウォルト・ディズニーの原題『白雪姫と七人のこびとたち』の『白雪姫』にある。この完成度は最高傑作として時代を超え世界の宝である。と手塚治虫が絶賛したのもいまだ記憶に新しい。目を瞠る鮮烈なカラーの美しさ、白雪姫や七人のこびとたちの自然の動きや表情には息を呑む。心弾む歌や踊りの斬新なリズムとテンポは、十歳そこそこの少女を釘づけにした。

その後、ずっとある思いが胸を駆けている。恐怖の継母や毒リンゴから救ったのは王子様ならず、この小さな七人たちであることを。ひとりずつしっかりしたキャラクターで演出したことではっきり分かる。原作のグリムもこの七人に何かを託し、我々にメッセージを伝えたかったのかもしれぬ。

近頃、すべてに回顧の念が生じるのは、七十歳を過ぎたからであろうか。まもなく、三十周年を迎える我ら「炎環」の創刊は、一九八七年の七月と聞く。やはり「七」である。やがて迎える七十七歳の喜寿を、健康で過ごし「五七五」でヒットを飛ばし、「ラッキーセブン」と叫びたい。

音を見よう

イギリスのＥＵ離脱の報道で沸いていた頃。かのビートルズが一九六六年六月に来日して五十周年記念であるとの、恰好の話題が登場した。熱狂して出迎えた二十歳も七十歳になったわけである。

当時、私は北海道の隅っこで二十歳をすこし超えていたが、「プレスリーだの、ビートルズだのと男のくせに尻振って歌ったり、がちゃがちゃとうるさいだけでそんなものに浮かれやがって、嘆かわしい限りだ」と、目を剝く年寄りたちに囲まれて、運悪くビートルズにうつつを抜かすことに恵まれなかった。でも今や彼らの「音」は立派な古典となりいつだって聴けるから、幸せである。

古典といえば、クラシックの初感動は中学二年生の授業の時。書道の指導者でもあった音楽教師から美しい旋律を、流れる筆の運びのように説明されて聴き入ったのが、グリーグの組曲「ペールギュント」であった。

そんな折、一級上のちょっと気になる男の子から、何の曲が好き？　と訊かれ、なんとかのひとつ覚えの「ペールギュント組曲」と答えたら、そんなものがクラシックのベストなの？　と、見下された。そのショックで、以来クラシックから遠ざかった。

それから、何十年経ったのか、ＳＦ映画のバイブル『２００１年宇宙の旅』（米一九六八年）との出会いでクラシック復活の鐘が鳴った。あのワルツ「美しく青きドナウ」や交響詩「ツァラトゥストラはかく語りき」の壮大な映像に目と耳を奪われ、みごとにＳ・キューブリック監督の仕掛けに嵌《はま》った。人類の誕生を暗示する異次元の世界の視覚的革新へと引き込まれた。

また、日本でも狂信的ファンを持つイタリア貴族の末裔のＬ・ヴィスコンティ監督の屈指の名画『ベニスに死す』（伊一九七一年）に於けるＧ・マーラーの交響曲第五番の「アダージェット」は、主人公の老作曲家（ダーク・ボガード）の恍惚と苦悩を雄弁に謳い上げるに充分な演出に魅了された。

さらにもうひとつ、Ｆ・コッポラ監督のベトナム戦争の狂気『地獄の黙示録』（米一九七九年）の戦闘機が空を駆け巡る映像に、ワーグナーの楽劇「ワルキューレの騎行」がこの上なき残酷さと結びつく絶望に戦慄《せんりつ》が走った。映像と音楽の一体化に映画の崇高な芸術性を痛感した。

今もしあの男の子に逢ったら訊こう。「好きな映画は何？」って。

皇后様のメール

天皇陛下と皇后様は、携帯電話やスマホをお持ちなのでしょうか？　アドレスなども登録されていらっしゃるのかしら？　下世話な推察で失礼します。でも、今や一億総日本人の生活必需品化されている携帯電話のお話としてお許しください。

まったくこのご時世に手紙を書くための筆を持たず、思いのたけを綴る恋文でさえ用箋、封筒、切手も要らず、前略もなく、即発信。返信が来るまでメールメールと何度でも。なんとも味気ない時代になったもの。

こんな時代の到来など、誰も予想だにしなかったある時、天皇陛下宛に手紙を書こうとした青年がいた。それは一九六三年製作の日本映画『拝啓天皇陛下様』の、寅さん誕生六年前の渥美清扮する一兵士である。

舞台は終戦間近の旧日本軍隊。孤児だった主人公の渥美が入隊し、怖い上官など痛くも痒くもない。

仲間がいてメシも食える、軍隊ほど住みよい所はないと励む。

ところが、どうも戦争が終わりそうだ。タイヘン！　除隊はいやだ、と天皇陛下に直訴の手紙を書くのだが……。

軍隊をお笑いの種にするなどタブーであるはずが、そこは高度経済成長に浮かれている時期ならではの、週刊誌連載の原作（棟田博）に野村芳太郎が脚本監督して渥美清に演じさせてみせた、哀歓に満ちた戦争風刺である。ともあれ手紙には人の営みと歴史がある。

私ごとだが、若くして交通事故で帰らぬ旅立ちをした母の通夜だった。伯父と伯母はしみじみ語った。亡くなる数日前、あの筆無精の母から手紙が来て何ごとかと開くと「お元気ですか、ご無沙汰してます」など特に何も書かれてなかったとのこと。母の命を奪った神様が出させた手紙だったのね、と伯母の言葉にただただ愕然《がくぜん》とするだけだった。

しばらくして、悔いが残った。なぜその手紙をもらい受けなかったのかと。後のち形見としていつも開き見ることが可能だったのだから。

書くから打つへ変遷する中、平成の元号も変わる気配が漂う。

広い皇居の一室にて、ご公務される天皇陛下のお手許の受信音が響く。送信は美智子皇后様から「陛下、ご休憩あそばされては如何でしょうか」

など？　と。記録に残らぬ両陛下のメールの想像をお許しのほど。失礼申し上げます。

夏ものがたり

『冬冬の夏休み』、この奇妙な字面の題名は、見逃していた一九八四年作の台湾映画である。冬冬とはトントンと読む少年の名前である。監督は、この作品の五年後に蒋介石《しょうかいせき》の国民党政府が台北を治めるまでの激動の時代を描いた『悲情城市』で国際映画賞を得た、あの侯孝賢《ホウ・シャオシエン》である。

映画は小学校の冬冬の卒業式から始まるが「仰げば尊し」を歌う（台湾語）卒業生に不思議な気分がした。

冬冬は母の病気のため、夏休みを幼い妹と田舎の開業医である厳格な祖父の家で過ごす。仲良しになる村の少年たちとの交流や、成長期にある妹のとんでもないイタズラやハプニングや、大人の世界を垣間見たり、冬冬と妹のひと夏の体験は生涯の記憶として残るだろう。

この映画が三十二年前の私の詩情溢れる原風景を、強い郷愁を伴って蘇らせてくれた。わがふるさとの北海道帯広の夏は短い。八歳くらいの頃の暑い夏の昼下がり、真っ青な空に入道雲が盛り上がると、若い母は大きな木の盥《たらい》を外に持ち出す。

これから起こることに、私と五歳下の弟は体が反応し、服を脱ぎはじめると「まだ早い」と母が制する。辺りが暗くなってばちばちと雨が屋根を打ちはじめると、たちまち夕立が降り刺さるように襲ってくる。「さあ！　行っといで」と母の号令でパンツひとつで飛び出し、フリチンの弟も後に続く。両手を広げて飛ぶように、泳ぐように、駆けずり回りはしゃぎ回り、豪雨のシャワーをどっぷり浴びて遊び興じる。

だが夕立はピタッと止むのも早い。「あがったよ！」と、盥の前でバスタオルを広げて待っている母の元へ戻っていく。海は遠く、プールもない遥かむかしの汚染なき雨の感触は、ひと夏の思い出として決して忘れない。そのうち弟に会ったら憶えているか訊いてみよう。

いつの句会であったたか、寒太主宰が語っていた。俳句大会などの応募句や、出版などで一番多く詠まれるのは夏の句であると。やはり、夏こそ少年が青年に、少女が女へと成長する人生の縮図を生む季節なのだ。

あの世界の恋人Ｏ・ヘップバーン演じる『ローマの休日』のアン王女にとっても生涯の想い出は、ローマの夏の一日であったのだ。

誰も知らない物語

「『言葉が多すぎます』といって一九九七年その人は去った」

茨木のり子詩集の一編からの引用だが、その人とは先頃ローマ法王より聖人の称号を授かったマザー・テレサを指す。「多すぎる」とは、言葉と生きている我々への警告のように思える。

人と人とを繋ぐかけがえのない言葉でも、どれほど語っても語っても言い尽くせぬことがあまりにも多いことか。では、もしやこの世から「言葉」や「文字」が消滅したとしたら、どうなるか。意思の疎通や感情の表現が皆無となり、あらゆる分野でパニック状態に陥り、暗黒の世界と化すだろうか?

でも、言葉がなくなったのなら、言い争うこともなくなり、戦争という事態なども起きないのではないかと思う。そう！　余計な言葉などなくてよい。

太陽と月、山と海、雨と風、そして花。それらの自然と一体となり、人間そのものに戻る。それだけで何もいらない。そんなことを心底考えてしまった、二〇一六年公開の映画

『レッドタートル　ある島の物語』を観て深く感銘して、感動の余韻がいつまでも消えない。

スタジオジブリが原作・監督のマイケル・デュドク・ドゥ・ヴィットと海外で初めて共同製作した長編アニメである。カンヌ映画祭「ある視点」部門の特別賞を受賞した。

あらすじは、嵐の海からひとりの男が無人島に打ち上げられた。森の木々から筏を組み脱出を試みるが、目に見えぬ何かに何度も筏を壊され島に引き戻される。三度目に脱出の邪魔をしていたのは、大きな赤い亀であったと分かり、男は憤然としてその亀に危害を加えるのだが……。そこへ不思議な現象から生じた女が現れて……。全編台詞を排除しているが、登場人物の目線やしぐさにその心情などが伝わり、胸を打つ。ただただ、詩情あふれる映像の絵の美しさに、天地が織りなす自然と生命への畏敬の念の前では、男は、女はどこから来てどこへ行くのか俗な憶測や言葉は必要としない。それは、説明や語り過ぎを避ける五・七・五と自然が生み出す季語に明け暮れる俳句人諸氏に必ずや、共感出来ることを確信する。

まだ上映されていたらぜひ鑑賞され、新しい年を豊かな気持ちになって迎えていただきたい。そしてお互い「明けましておめでとう」と、少ない言葉で祝えることを祈る。

クリスマスって幸せ？

カヨちゃんの家のクリスマスツリーは、それはそれは綺麗だった。樹の天辺の大きな金の星、真っ白い真綿の雪に散らばるビーズ、七色のモールが流れ星のようにめぐらされ、それを見る小学生の私の瞳がどんなに輝いていたことか。「わたしもツリーがほしい」と、母にねだると「カヨちゃんの家とは神様が違うんだよ」のひと言に、居間に奉られてある神棚を恨めしく仰いだものだった。

それから半世紀以上そこここに佇む電飾ツリーの光が、なにやら味気なく寂しい。それに伴い街々に響くジングルベルの繰り返す歌が騒がしく落ち着かない。静かに奏でるのが聖歌ではなかろうか。

さて、そのむかし一九五四年作米映画の題名から生まれた主題曲を、主演のビング・クロスビーが甘くソフトな歌声で、世界中にヒットさせた『ホワイトクリスマス』こそ、聖歌に相応しく永遠のクリスマスソングと言ってもいいだろう。この映画はクロスビーとダニー・ケイの扮する帰還兵二人が、元上官が経営する破産寸前のホテルを得意の歌やショーで立て直すというアメリカ的良心が、実に楽しい。でも監督があの『カサブランカ』のマイケル・カーチスと知り、すこしばかり意外であった。これより十年前の一九四四年米作『我が道を往く』（監督レオ・マッケリー）で、クロスビーが若い牧師になり下町の貧しい人々や小さな教会の老牧師を幸せにする、名作の誉れ高く胸を熱くさせる交流のシーンをクリスマスイブにしたのは効果的な演出であった。クリスマスは、映画の背景には恰好の舞台装置としてしばしば登場する。だが時には、幸福とはまったく逆の道具立てとして使われることもある。

一九五五年米作『愛情物語』（監督ジョージ・シドニー）も懐かしく気になる。一九三〇年、四〇年代に甘美なメロディで全米を風靡《ふうび》したピアニスト、エディ・デューティン（タイロン・パワー）の伝記である。音楽家として絶頂期に最愛の妻（キム・ノヴァク）が、男児出産時に死亡する。その日はクリスマスだった。失意の底、目前のクリスマスツリーに向かって「アイ ヘイト メリークリスマス！」と叩きつけるように叫ぶ。それは不運なわが運命を神に嘆き訴えるかのように……。幸せのシンボルの聖樹を逆手にした演出に心が痛む。

全編に流れる「トウ・ラヴ・アゲイン」がいい。

それでも映画館

映画館派を貫いてきた映画ファンならではの、前代未聞の体験だった。

年末の貴重な夕方四時過ぎ、新宿の定員百席の映画館に入った。上映まで十五分、だが席はガラガラ、客がひとりも来ていない。何か変だ。トイレから戻ってもまだ誰もいない。館内が寒々しい。そして、客は私だけのうちに幕が上がった。結局、上映一〇四分間は私ひとりのためのものとなった。

地方町村ではない。単館とはいえ東京のど真ん中で、百席の中にたったひとりとは！終映後、後ろ髪を引かれる思いで場外へ出ると、狭いロビーは人が溢れる混雑ぶりだ。次の回の上映は福島が舞台の若者の話『退屈な日々にさようならを』で立見が出て、係員が大わらわだ。

一人と百人以上のこのギャップは何？

そもそも、知人から頂戴したチケットで私に負けず映画ファンの夫が先に観て、これこそ現代を象徴する日本の家族を描いた正統派のいい映画だ、マスコミが囃し立てる流行の映画などより遥かに中身が濃い、時間を作って観た方がよい、とまで薦められたからには、と、たったひとりで見るハメになった。

　題名は『家族の日』（二〇一六年）。テレビドラマ出身の映画第一作目の大森青児監督のホームドラマである。友人と不動産業を立ち上げた主人公の長女（中学生）と長男（小学生）が、いじめの加害者と被害者の立場になり、溶け込めぬ都会の教育現場を見限り、末の子どもと妻と五人で岡山の田舎に移住して家族の絆を固めていく、という身近にあるドラマにカメラが回る。

　美しい自然を背景に、登場人物の現代に抱えるジレンマをきっちり描き、決して悪くない。子役もよく演じていて、そうだよな……、うーんよく分かる。でも、わざわざ電車に乗って、お金を出して観に行かなくても、テレビで何となく観たらそれだけのことで終わってしまう。それでも映画館で観ることによって、頭に心に吸収しなくてはならない責任感が生じてくる。それが知的体験としての糧になるのでは。

　私は自分の足で歩けるうちは、きっとひとつの画面に集中するざわめきを生む映画館に通うであろう。もちろん作品を選んでだが。そこで、ヒット中の『君の名は。』と『この世界の片隅に』を観るか否か、迷っているところである。

寄り道

歩き慣れた道に迷うことがある。でも、立ち止まったり戻ったりすることで、行く方向や新しい道を教えてくれるのもまた道だ。それでこそ「道」とは「人生」の意味を示していることになる。

初夢の続きのやうな道のあり　柏柳明子

「炎環」新年俳句大会にて高得点句であり「中七が夢と現実の橋渡しとして句を生かした」と、主宰の「天」を得て讃えられた。下五の「道」に導かれるように、その年の作者の歩く道は輝いていた。

ともあれ「道」と記されたら即座に浮かぶのは、映画史上揺るぎない永遠の名作とまで言われた、一九五四年製作、監督フェデリコ・フェリーニの『道』である。怪優アンソニー・クイン演じる粗暴で横暴な大道芸人ザンバノに雇われる、すこし頭の弱い無垢な少女のジェルソミーナの崇高な生き方を演じる、監督の妻ジュリエッタ・マシーナの瞳は忘れ難い。素朴で純粋が故にジェルソミーナに家畜のような惨《むご》い扱いをしてしまうザンバノは、無償の愛を全うして命を落とした彼女の死を知って、獣のように泣き叫び続ける。その哀切に満ちた姿は生きる意味を訴えるかのように、観る者の心を摑んで離さない。

そして、もうひとつの映画『路』がある。

一九八二年トルコ・スイス合作。監督のユルマズ・ギュネイはトルコのタブー、クルド少数民族問題に触れ刑を受ける。獄中で脚本を書き助監督に演出を指示し、長期上映が敢行された空前絶後の映画である。だが、ギュネイが仮出所の折、完成したネガ・フィルムをスイスに運び出し、トルコ映画として放映。あらゆる映画祭で感動の嵐を呼び、世界に衝撃を与えた。

あらすじは、国境にある拘置所から罪ならぬ罪を背負う囚人たちが仮出所を許され、五日間の自由の路へ旅立つ五人の話である。妻のもとへ帰る途中、許可書を紛失して拘留される者。不貞を犯した妻を処罰する運命を辿る者。雪の山中への路に委ねる者。ゲリラ活動に身を投じる者など、さまざま……。

叙情性に富みイデオロギーを超えたポエジーの高みに、厳しく美しい映像に息が詰まる。社会の矛盾を抱え「生きる」ことへの執着が伝わる描写に、パリで四十七歳の若さで客死した監督が、惜しまれる。

Ⅱ　芭蕉の言葉とシネマ遊び

本棚の整理は思いがけない出会いを呼ぶ。きれいな表紙の山下一海著『芭蕉百名言』（富士見書房一九九六年）が出てきた。この「百名言」が、石寒太著『芭蕉のことばに学ぶ俳句のつくり方』（リヨン社二〇〇七年）と重なった。双方の本を目前にして、山下氏の百の言葉と寒太主宰の五十五項目の言葉が、頭の中で駆け巡った。

そして、ひとり遊びがはじまった。松尾芭蕉翁、お許しください。

芭蕉の言葉　其の一「切字」

——切字なくては、発句のすがたにあらず、付句の体《てい》也（白雙紙）

解いてみる。「発句は独立した五・七・五の韻律を要して成せる。そこには切字がなくては、発句の姿ではない。それはひとつの付句のかたちであり、実質的に切れているかどうかが問題である」と、読んでみた。

数年前、ある新聞のコラムにふと目がとまった。「『切る』と『間』」の見出しだった。「俳句における『切れ』は余白の妙『間』を生じる。『間』とは生活や文化すなわち芝居・音楽・絵画特に日本独特の、落語・漫才などの話芸ではメリハリや間の取り方の巧拙が、沈黙や空白を挙げ聞き手を引き込む魅力に差を生む。俳句や短歌も同じこと。つまり

『切る』ことによって生じる『間』こそが言葉を生かす手法となる（中略）『間』は世の人の関わりにおいての『間合いを計る』ことや『間の抜けた』処理から生じる不信をもたらす結果が生まれる。……」（原文より抜粋）

そこで、私なら芝居・音楽と並べてもうひとつ映画を加えてみたい。すでに取り上げられていることだが、映画はカットやショットの映像の取り合わせの配合によって生み出される。それをモンタージュ技法と言う。それはそのまま「切れ」と「間」の俳句理論に繋がる。まさに、芭蕉の言葉「切字なくては」である。

切字による断絶と省略から余情を呼び、そこから後世に残る映画が生まれる引き金となる。イタズラに長回しのシーンが続いたり、登場人物にダラダラと台詞を言わせたり。おっと！　そこに居合わせたら、そこでカット！　台詞は要らない！　映像が語っているでしょ！　と叫ぶかも。そうさせる映画に名画はない、と断言してもよい。ああしてこうしてこうなりました、と説明するような童に読み聞かせる話や手紙ではない。「切る」ことで生じる余白から、余情と余韻に浸る醍醐味が待っているのだから。そこにこそ「映画はラストシーンで決まる」の名言が活きるのである。

ゆく春やすっぱりと切る麵麭の耳　初子

芭蕉の言葉　其の二「切字」（続）

――発句は、ただ金《こがね》を打ちのべたる様に作すべし（旅寝論）

「金を打ちのべたる」とは、切れ目のないことと解釈する。一句一章、すなわち一物仕立ての表現法を示している。「切字なくば、発句にあらず」の訓示のまだ乾かぬうちに、「黄金を打ちのべたように、切れ目なく一句全体を作るべし」と、またひとつ突きつけられ、ここにも俳句の仕組みありかと、馴染みの一句を記す。

いざさらば雪見にころぶ所まで　　芭蕉

なるほど、今にして共鳴する。

では、ことが映画ならどうか？　つい先ほどまでモンタージュ技法だの、カット、ショットだのと口裏を合わせていたばかりではないか、と自問してみる。すると、全編ワンカット、一物仕立のとてつもない映画が蘇った。

二〇〇二年製作、露独合作のロシア発信の異色作があった。ペレストロイカまで上映禁止処分を受けていた、現代ロシアを代表する俊英アレクサンドル・ソクーロフ監督の『エルミタージュ幻想』が、それである。

ロシア帝国時代のサンクトペテルブルグにエカテリーナ2世の離宮でもあった、世界遺産にも認定され三百万点を超える所蔵品を誇る、世界最大規模のエルミタージュ美術館の中へカメラが入った。監督ソクーロフ自身の語りで、ひとりの伯爵を演じる役者が案内役として三百年のロシア史を絵画、芸術品、華麗な回廊、内装の数々に彷徨うように過去現代と交差する時間の旅を、語り続けていく。

もっとも陶酔の域に達するは、世紀のマエストロのワレリー・ゲルギエフの指揮による演奏をバックに繰り広げられる、ロマノフ王朝の大舞踏会が黄金の大広間に再現され、その貴婦人の衣擦れ、ざわめきの中へ入り、十八世紀のヨーロッパの眩惑に迷い込み、堪能する。そして、ついに流れるように我々を引き連れてきた、全編九〇分の継ぎ目なきワンカットのラストは、突如海が現れカメラの目が閉じる。これこそが、「ただ金を打ちのべたる様に作すべし」の一句一章に匹敵する瞬間である。

ところでこのラスト、どこの海へ連れ出そうとしたのか？　かつてバルチック海と称されたバルト海であろうか？　革命への示唆か？　壮大にして一瞬の幻想から醒めることをしばらく拒まれた。

さまざまな事おもひ出す櫻哉　　芭蕉

芭蕉の言葉　其の三「変わらぬもの」

――師の風雅に万代不易有。一時の変化有（赤雙紙）

十代の頃、少女雑誌に載り一九六一年アメリカ映画にもなったホメロスのギリシャ神話からの『トロイのヘレン』を、想い出す。敵国トルコのトロイに連れ去られたヘレンを取り戻すため、ギリシャのスパルタが千の軍船を出したという伝説が引用され、わくわくして読み耽ったものだ。そのヘレンのあまりの美しさに時計の針が、びっくりして止まるほどであったと書かれてあり、そんなことってあるの？　と母に聞くと「大むかしの人だもの、誰も見たことがないし、どんな時計だったんだろうね」の答えに、笑ってしまった。

ヘレン役のイタリア女優ロッサナ・ポデスタのふっくらとした美女ぶりが蘇った。時代の変遷に伴い、美女と褒めそやされる容貌も変わってきたであろう。しかし、芭蕉は諭している。「時代の変化のうえで変わるもの、変わることのないものの二つの究まりの、基本は一つである」と。この言葉をズームアップしてみよう。

昭和の日本映画界の精鋭、小津安二郎の信条は「永遠に通じるものこそ、新しい」であった。映画史上消えることのない名言であろう。それに准じて、我々の脳裏に刻まれた、銀幕の華として永遠の美女の誉れ高い原節子の輝きは「万代不易有」を意味するものとして相応しい。

数年前、その原節子が十六歳の時の映画を観る機会を得た。製作一九三七年日独合作の、鮮烈な出演作の題名『新しき土』であった。

第二次大戦への兆しの中、留学地のドイツより婚約者の帰国を待ちながら、茶道、華道、武道など修練し、文芸、遊芸を嗜《たしな》む手ほどきを受ける、節子の溢れんばかりの美しさに溜息が出る。伊丹万作監督の演出や、独監督のアーノルド・ファンクの日本への造詣の深さに感服した。

しかし、ひとつ気になった。数多の稽古事に「俳句」が、なかったことだ。昭和十二年の頃は近代俳句が確立され、すでに星野立子、中村汀女等の女流俳人が活躍していたはずだ。俳句は女子の嗜みの類にはなかったのか。これは、戦前から戦後にかけての女性の自立を示唆していたのかもしれない、と感慨深い。

原節子の瞳を思い出しながら、時代の流れに沿って変化していくもの、変わることのないものとの交差点に立ち「不易流行」に導かれた。永遠の新しさを求めていく我々を、芭蕉は彼方から目を細めて眺めているに違いない。「新しみは俳諧の花也」と、唱えながら。

芭蕉の言葉　其の四「旅のはじまり」

――月日は百代の過客にして、行きかふ年も又旅人也（おくのほそ道）

「歳月は、来ては去り去っては来る年の、とどまることのない旅人である。日々の営みのくり返しが旅の途中であり、旅がすみか（栖）である。すなわち、生きることが旅である」。この言葉が、体の芯を貫いていった。

旅人と我が名呼ばれし初しぐれ　　芭蕉

古くは、住まいからしばし離れることを、すべて「たび（旅）」と言ったそうな。すると、上野の博物館へ、新宿の句会へ、銀ブラなど並べて日帰りの旅というものである。さっそくだが先日、とっておきの旅を選んだ。旅先案内人は神保町岩波ホールの映画である。上映作品は『異邦人』のノーベル賞作家アルベール・カミュが交通事故死の折、鞄の中にあった、未完の遺稿となった自伝的小説の映画化『最初の人間』である。時は一九五七年、フランスから生まれ故郷のアルジェリアの母のもとへ帰る。当時独立運動の紛争の中、自由を求めて自分の生い立ちや存在理由を確かめようと、フランスとアルジェリアの双方の間で疑われて悩む、追憶の旅である。

旅に病んで夢は枯野をかけめぐる　芭蕉

まさにカミュの心境をも偲ばれる。

さて、旅となれば生涯を旅に委ね、美女を道連れに、二十七年間旅の先々にその人情溢れる交流を招いて、国民的アイドルとして日本人の良心を記憶に残して、帰らぬ旅立ちをした愛すべき男がいた。言わずと知れた『男はつらいよ』シリーズのフーテンの寅さんである。立役者は監督の山田洋次ではあるが、一九六九年を皮切りに一九九五年まで四十八作品の金字塔を打ち立てた。渥美清の存在がすべてここにある。

その寅さんと一体の渥美清には、俳句を詠む別の顔もあった。

赤とんぼじっとしたまま明日どうする　渥美　清

秋の空の下、飛ばずにじっと止まっている真っ赤なトンボは寅さんであろう。「さあ明日は明日という旅に出かけようよ。生きることが旅なのだから」と、声を掛けたかった。寅さんどうぞ私たちの心の中でいつまでも、旅を続けてください。

さあ、私は明日どこへ旅立とう。

芭蕉の言葉　其の五「取り合わせ」

――発句は取り合わせ物と知るべし（三冊子）

――二つとり合て、よくとりはやすを上手と云也（篇突）

俳句とは、ふたつの物をよく取り合わせて、互いに映発し合い、出合った以上の新しい世界を創る。それが上手な取り合わせ・配合というもの。いわゆる二句一章、二物衝撃と言われている表現法である。ひとつの例句として、

秋風や模様のちがふ皿二つ　原　石鼎

これは、秋風と皿の何の関係もない二つの言葉の配合が奏でる響き合いから意外性と想像を呼ぶ。中七からの「模様のちがふ皿二つ」に、この句の生まれた背景を知り、作者の語れぬ悲哀が滲み出ていて「秋風」の季語が揺るぎない。一句から、新しい世界を知ることの出来る瞬間を見た。

山里は万歳遅し梅の花　芭蕉

幾つかの短編を取り合わせて、ひとつのモチーフの世界を創り一本の作品にする。これ

は映画のジャンルに替えるなら「オムニバス映画」である。オムニバスの意味は、古い映画ファンのわが夫に言わせれば、「いくつかの物語をオムレツのように包んで、バスにつめ込む」の喩えとのこと。こっそり辞書を繙いてみると「乗合馬車」とあった。なるほど。まあ、どちらでもよいことだが……。

ともあれ、オムニバス映画は古くはヨーロッパが盛んであったとか。近代では一九五〇年仏『輪舞』、一九六二年伊仏合作『ボッカチオ'70』等が知られる。邦画でも語り継がれる名作が少なくない。一九五三年『にごりえ』、一九六四年『怪談』原作小泉八雲・監督小林正樹、一九九〇年『夢』原案・脚本・監督黒澤明などが連なる。

ひとつ挙げるなら、樋口一葉原作の『にごりえ』を選ぼう。短編「十三夜」「大つごもり」「にごりえ」の三作をオムニバス形式に収めた。日本映画最盛期に多くの名作を生み出した今井正監督と、数々のシナリオ賞の受賞を誇る水木洋子の脚本、そして文学座の総出演により、明治の市井《しせい》の女たちの悲喜こもごもを忠実に再現したみごとな演出で映画ファンの胸に残してくれた。行間、句読点を省略したかのように、びっしりと連ねる文体の一葉の原作から、あれほどの美しく切ない映像に造りあげる技に舌を巻く。

ともあれ、芭蕉のあらゆる「もの」との取り合わせ、配合の本意は、生きとし生ける者への未来永劫の「ことば」として、受け止めなければならないだろう。

Ⅲ　俳句そぞろ歩き

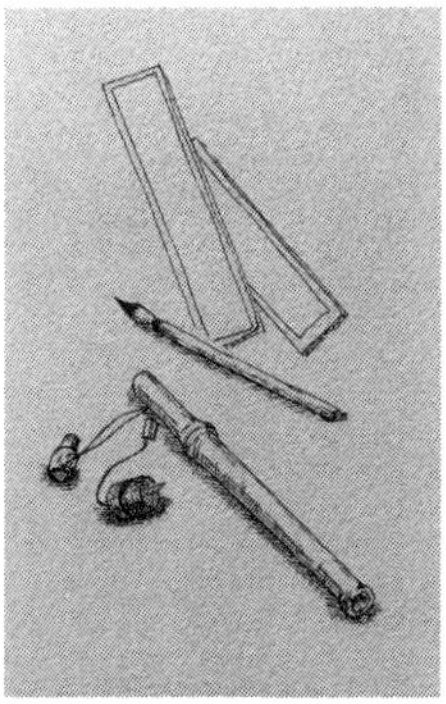

花の宿

桜は盛り三月の末、T子さんの道案内に従った、そのお宅は、井の頭公園駅の真ん前の通りに面して佇み「字都宮粽」と表札があった。ガラス戸越しに背筋を伸ばし、にこやかに迎えてくださるその方は、T子さんが長年にわたりお世話されている、八十八歳とはとても思えぬ艶やかさをそなえた婦人。半月後には老人ホームに入られることになり、T子さんの導きにより、お会いする機会を得たわけである。

ほどなく、客間へと階段を上がっていくと二〇号ほどの水彩画が踊り場を占めていた。雪解けの景である。「主人の遺作です。兄も絵が好きでした」と誇らしげである。もう一方の壁際の俳書の色紙が目に入る。「兄の遺作です」。すでにその存在を知っている者に言う響きに聞こえ、（お兄様って、どなた？）と訊ねる勇気を呑み込んだ。応接間の大きな窓ガラスからは、桜吹雪の中を滑るように往く電車が目に飛び込む。「むかしは駅やホームの屋根もなく、公園が一望出来、兄もここからの眺めを愛してました」。またもや〈兄〉である。その兄上を問うことは、如何なものか？

ふっと、墨塗りの机に目を移すと、片側に数冊積まれてあるのは、詩集のような、句集のような。はて、著者は？　と目を凝らす。〈トミザワカキオ〉〈え！　兄というのは富沢赤黄男のこと？〉一瞬、いつかのＴ子さんの言葉が蘇る。「粽さんのお兄様は俳人だったから、あなたの句集も楽しく読む力を持ち合わせているのね」。その時、何故その俳人とは誰か追及しなかったのか、実に迂闊《うかつ》であった。富沢赤黄男氏こそ、昭和の初期、新興俳句運動の一員として俳句詩魂説を唱えた人物で、キャンバスに塗るように、鮮烈で、風刺の効いた作品群は、現代俳句に携わる我々に大きな影響を与えた。

「私の宝です」と、粽さんから赤黄男氏の処世句集『天の狼』を手渡された。初版本のざらりとした感触を開きながら、今更何を言うべきか、「まさに幻の句集ですね」と口走るのがやっとのこと。「そうなんです。ＮＨＫの特集で初版をお持ちの方は、と呼びかけたが、ナシのツブテでした」と、残念がる。

さて、それからは堰を切ったように、句集・関係文集・評論集、はては写真・遺品など惜しげもなく取り出した。それは生涯を赤黄男の妹として生きてきた誇りある人生を、身辺のひとつの整理として、この若輩者に示しているかのように思えた。

花盛り女あるじは耳遠き　　初子

藪の中

「本当のことを言わないのが人間なのだ」「自分のことも自分に正直じゃないんだ」

先日、黒澤明監督の映画『羅生門』に再び触れ、この台詞を耳にした。時は平安時代〝藪の中〟で発見された死骸をめぐって、誰がその男を殺したか、盗人・男・妻と、三人三様の言い立てが違うという点に構想の展開があり、それが中心になっているが、各人の感情心理に従って真実はさまざまな姿を呈するという不可解な人生の真相、真理を描こうとしたのかもしれぬ。さて、ところで「見たもの感じたものを、ありのままに」が俳句の精神だとしたら、果たしてひとつの句に真実が詠まれているのか？　などと考えると、見方が変化していくから面白い。

私にとって「難しいもの」「やめられないもの」、それが俳句である、と言いきれそうである。

ベストテン

親交のあるスポーツライターの年賀状には、その年のナマで見た名勝負ベストテンが、コメントと共に列記されてくる。また、映画ファンの友人からは、封切映画のベストテンが熱い語り口で書かれてくる。共に実に楽しい。

さて当「チャンピオン」の常連客より、昨年の俳句ベストテンは？　と聞かれ「私の？」と聞き返してから、しまった！　だから俳人は自画自賛の産物だと指摘されるのだと、反省。本当に年間に、どれだけの数の俳句を読んでいるのか。鑑賞ベストテンぐらい簡単に並べられそうだが、いきなりの選出は至難の業。頭の中で俳句が浮かんでは沈み、ぐるぐると渦を巻き、ふっと浮かんだ一句を声に出した。

生きている人の集まる桜かな　　中村十朗

「鑑賞力こそ作句力へと繋がる」と言っていた先輩がいた。詠む力は読む確かさから生まれると言えそうう。

和洋折衷

「ベンジョ・ワ・ドコデスカ」と、青い目の、妖精のような金髪の彼女から聞かれた時は、さすがに度肝を抜かれた。女性がそんな言い方をしてはダメ！　と、たしなめるわけにもいかず、「トイレですか」と問い返すと、「ベンジョワ、ニホンゴチガイマスカ」と不審な顔をされた。イギリス本国で日本語を修得し、英語教師として来日した彼女が、辞書に明示されてある通りに使ったと言うのだ。なるほど、確かに正しい日本語なのに、日常会話ではほとんど使われていない旨を、辞書に注釈してほしいものである。書き言葉ではなく、生活に密着した口語の有り様を。

便所より青空見えて啄木忌　　寺山修司

これを、トイレや化粧室としたらどうか。単に生理的処理としてホテルやマンションのビルの一角を想ってしまう。「便所」だからこそ、血の通った外厠か、簡素な居酒屋か、生きるために欠かざる場所より、共に詩人として、若い魂を浄化させた突き抜ける空の青さが見えてくるのだ。俳句にはカタカナや外国語は御法度の主義を貫いている先輩を知っているが、それが優劣の決め手になるとは思えないのだが。

ピストルがプールの硬き面に響き　山口誓子

スタートを切るピストル。これを拳銃としたら強盗になってしまいそう。カタカナを重ねたこの乾いたスピード感が、粋である。

どてら着てバードウォッチングしてゐたる　戸松九里

今や、バードウォッチングは、釣りやゴルフと同じ感覚。「小鳥を見てゐる」の方がいい、なんて言う人はいませんよね。

この国際化社会にあって、外来語や横文字の氾濫する中で、俳句に携わることは日本語を見直すことへの足掛かりともなるのではないか。昇降機からエレベーターへ、宴会からパーティになり、汗拭きからハンカチに変わろうと、すべては個人とその背景に溶け込んだ、和洋折衷の持ち味と言えよう。

だが、あの人類の恐怖「エイズ」だけは日本語で使用することは避けたい。「後天性免疫不全症候群」。これだけで十七音になってしまうから。

同人誌「や」には「結社」に掲げられる「師系」がない。ある手引書によると「俳句における結社とは、俳句活動という強い結び付きで人が集まるところ」と、ここまでは「や」となんら変わるところがないが、ここからが違う。「結社には主宰という指導者がいて、その主宰の俳句や俳句観、結社の雰囲気に共鳴した人たちが勉強する。従って主宰の人間的な器の優劣で、会員の集まりの多い少ないが定まる」と、小気味よい定義である。

そうすると、カルチャーの俳句教室や、知人の紹介などで結社に入り、主宰と師系の存在をはじめて知ることもあろう。言うなれば結社を選ぶことは、師を選ぶことになるのだ。果して、結社に所属するすべての諸氏は、主宰や師系を目指して入会したり、その認識のもとに存続しているのだろうか？　かく言う自分も、かつて所属していた結社の中にあって、俳句というものがすこし解りかけてきた折、はっきりしない師系や、主宰の指導の「色」を識別するわが力不足に悩み、自己打開方法の見つからぬまま、退会する道しか残されなかった。おっと！　これ以上は語るまい。はじめがあるから今があるのだから。だが、大海を知った井の蛙は、互いの力を引き出し認め合える仲間に出会い、師の存在は自分を取り巻く万物に宿っていることを知る。

先生といま別れきて夜の桃　中村十朗
そのひとの影を大きく水涸れて　西野文代

生ある別れも、永遠の別れも、別れた今にこそ、その実像の真価が桃の質感、涸れてゆく水に痛いほど分かる。

師はいつもひとり紅葉の蔦ひっぱる　丹沢亜郎
夢に師が出て手をかざす春火鉢　関根誠子

師も己もひとりの人間。対人間の交わりこそ師弟間の信頼へと繋がる。

藍の風総身に受く楸邨忌　石　寒太
山茶花に一芸もたぬ吾を問う　城取信平

「炎環」主宰の寒太氏、「みすゞ」主宰の信平氏それぞれの、結社を率いる指導者の立場として、師への回顧や責任はいかばかりか。

大きな話

スポーツライターの藤島大氏を、「チャンピオン」の常連客として「ダイさん」「ダイちゃん」と呼ばせていただいている。聞くところ、命名の折、太（ふとし）とするところが、点を取り「大」になったとか。「太いより大きい方が、広がりがあっていい」と、ご本人もこの名に満足している。勘ぐれば「点取り虫」になどならず、大らかにとの親御さんの願いであったのだろう。ともあれ、点のひとつで犬になったり、太くなったりするのだから、一点集中、おろそかには出来ない。

おろそかで想い出したが、そのむかし大花火の俳句を出したら、「花火は花火でよい、安易に大をつけるは愚かである」と、その時の指導者に突き放された。何故かどうしても納得がいかなかった。が、後で大空に打ち上げられた大輪の花火を、大花火として名詞づけした呼び名が、充分通用していることが分かった時は嬉しかった。「大」に頼り「大」に逃げてはダメと、せめてもの助言がほしかったと思う。

大花火悪相もわが顔のうち　石　寒太

「大」をつけることによって、言葉の持つ性質が、より深く強調されると思う。大仰に表現してこそ共感を呼ぶこともあるのではないか。大は小を兼ねるのだから。

酒が好き桜大好き句を少し　新関良恵
特大のパンプキンパイ初潮くる　吉野さくら
大声を出して走りたいな菊の花　豊田雀雀
大雪の国境越えて男来る　戸松九里

そもそも、俳句とは自己存在証明のようなもの。「大好き」「大声」の主張表現が桜に寄せる生への賛歌と、菊の持つ特質を浮き上がらせる。「特大」としたが故に、また「大雪」であればこそ、ただごと写生を詩的表示へと変身させてくれる。

日は真上大きな目高ちいささよ　池田澄子

命の尊さ大きさは、万物に平等な太陽の下では同格。「大きな目高」に作者の慈しむ心と大きな才を見た。

若葉して大樹のひびき消えてをり　　中嶋鬼谷

大樹に響きがあるとしたら、重ねてきた年月の営みの音だろうか？　若葉に未来を託す大樹の息吹を感じる。

ここで大事なのは、「大」がつかなければ成り立たない言葉や季語のあることを忘れてはならないことである。大掃除・大試験・大文字・大暑・大寒・大枯野・大年・大旦・大晦日・大福・大綿等々、折々の季語たちがここに生きている。

これらの「大」の持つ意味や背景を改めて見直していくと、今にして大きな大きな、大切なことに辿り着くはずである。

旧景が闇を脱ぎゆく大旦　　中村草田男

大綿やしづかにをはる今日の天　　加藤楸邨

詠んで読まれて

「俳句していますか」と聞かれ、「やっています」と答えると、「俳句って、やると言うものなのですか」と問いただされた。しているか、に対してやっているとの返答は、俳句に携わる者としては、明解な答えではなかったかもしれない。物を創り出す作家たちが、表現する手段としてまず書き留め、書き示すわけだから「書く」と言うのも、間違いではないでしょう。

「ハトポッポ・マメガホシイカ・五・七・五」ともかく、俳句です。その型式の五音七音の基調のリズムからすると、「詠む」という語感も生まれる。

ジャズヴォーカリストの友人より毎月届くライヴ案内の隅に書かれている俳句を、楽しみに読んでいた。が、ある時書かれていないので電話をしてみたら、「忙しくてなかなか俳句を捻《ひね》る暇がないの」と言われた。この「ひねる」は、俳号をペンネームに、評論家として、名司会者としてテレビ界に一世を風靡した父親の影響かもしれない。

と言うのも、私の中にある「ひねる」のイメージは、町内の御隠居さんが折々にふれ月を仰ぎ、花を眺め「一句ひねろうか」と、風流人を気取る、前時代的なものに思うからである。一時代遡《さかのぼ》って、「俳句は文学である」との風潮の中、ひとり石田波郷が「俳句は文学ではない」と言い、「小説、戯曲、詩それら一連の文学は創作である。俳句のみが創作、作為構成、その他類似のそういう言葉の概念をすべてとらない。生活に随《したが》い、自然に準じて生まれるものである」と説いた。その言葉が生きているとすれば、俳句とは「作る」ものではないとも言える。しかし、それでも句会などで出された席題を前に、「ああ、今日はなかなか浮かばない」などと悩みながら、ひねり、作り、なんとか一句に仕立て上げる。

それらの行動や作業を総称すれば「俳句をやっている」との表現も生まれるでしょう。

そろそろ結論を出さなくてはならない。

＊私は俳句を書いています。

＊私は俳句を詠んでいます。

＊私は俳句を捻っています。

＊私は俳句を作っています。

＊私は俳句をやっています。

さあ、あなたなら、どれを選ぶだろうか？

ともかく、俳句です。理屈はやめよう。読む楽しさは、詠む苦しさから。

まず、自分の俳句を形に表してこそ、他人様の作品を理解出来るはず。
さあ！　俳句やろうよ！　楽しもうよ！
生きているあいだに。

ゆくゆくはわが名も消えて春の暮　　藤田湘子

伴侶

イ、人生の伴侶　　　　ロ、現実からの逃避　　　　ハ、出会いの妙味
ニ、発見　　　　　　　ホ、夢　　　　　　　　　　へ、未知への挑戦
ト、感動を求めて　　　チ、旅　　　　　　　　　　リ、ストレス解消
ヌ、趣味

これは、あなたにとって□□とは？　という問いに対する各人の答えである。たかが□□ごときが、（イ）人生の伴侶とは大仰な、ですって？　いやいや伴侶とは配偶者だけにあらず。生きて行く道連れ、または「とも」とあれば、生き甲斐として納得。（ロ）現実の有象無象のしがらみより離れたいと誰もが願っているはず。それがひとときでも充分である。（ハ）産声を上げた瞬間、母親との出会いからはじまるこの世に授かった命。明暗長短を分ける万物との出会いこそがすべてに通じるかも。（ニ）アメリカを発見したのが、コロンブスでなかったら、自分の父か隣のおじさんだったかもしれない、と言った有名な人の名を忘れたけれど、生きることは発見のくり返しであろうから。（ホ）～（ト）明日

のことは誰にも分からない。一時間先のことだって。挑戦への情熱は夢を叶え感動を呼ぶだろう。（チ）新幹線のホームに並ばなくても、鉄の物体がニアミスを起こす狭い空を飛ばなくても、旅への誘いを無限に楽しませてくれる。

こんな、ささやかな趣味こそが□□なのです。

さて、□□に埋まる言葉は「俳句」なのでしょ？　とお思いでしょう。実は、俳句ではなく「映画」なのです。毎年の各自のベスト10を公開し合う映画ファンの集いで配られたアンケートのひとつであり、これは俳句にも通じるのでは、と遊び心を膨らませてみたのです。俳句だって、未知の世界を旅し、夢を叶えてくれるのだから。

しかし、映画のように映像と向き合うだけで、叶えてくれるものではない。まずは、自ずから創作という苦しみを越えなくては叶わない。しかも第三者の厳しい目と診断の関所を通らなくてはならない。

ありきたりな並のものは、掃いて捨てられる。もはや、雪は白い、砂糖は甘い、海は広いなんて言っているだけでは手遅れになりそう。写生や出会いから摑んだ、せっかくの発見をまず、感性という修整機に入れて実験し、挑戦しなくてはならないだろう。

雪積む家々人が居るとは限らない　　池田澄子

雪の下

れんぎょうの明るい雨となりにけり　月夜

連翹に集まる雨のあかるさよ　初子

前句は、すでに発表されていた佳句である。そして後句は「集」の兼題の句会に出句し、その場で前句の存在を指摘され愕然《がくぜん》としたものだ。数日前、雨の石神井公園を散策した景が恨めしく思えた。何ともおもはゆい限りである。

「和歌には本歌取りの寛容があるが、俳句における類句、類想、盗作が問題となるのは、作品に対する権利意識に違いない…。類似を恐れては初学の上達はあり得ないが、類似類想とわかれば捨てる覚悟が肝要。そのために先人の句を知らねばならず、ひとえに厳しい作家精神が問われてくるところです」（『俳句って何？』邑書林）と岩城久治氏が示している。

花を見、氷に触れ、十人が十人美しい、冷たいと感じることの当然さを、個々の持ち味で、異った表現で類想から逃がれなければならないのが俳句の宿命であろう。『俳句の季節』棚山波朗著（角川書店）を読む機会を得たが、項目の初夢の頁を開き、あっ！　と声を呑んだ。

初夢の扇ひろげしところまで　後藤夜半

初夢は紐の解けたるところまで　初子

まったく同じ上下である。後句は拙句集『喝采』に収めてあるが、せめて中七の紐の不確かさを想像していただくことで救われる。あえて断言する。夜半氏の句は知る由もなかったことを。

さらには、四月二十二日付の読売俳壇において、宇多喜代子氏の選んだ句に肝をつぶした。

雛納め一つ一つに声かけて

雛飾るひとつひとつに声かけて　初子（『喝采』）

後句は、六年ほど前の既成句である。使用前使用後のキャッチフレーズのごとき怖さを覚えた。そして、ミステリーはもうひとつあった。

ひたむきにお縁の下の雪の下　　初子（一九九三）

これは当時所属していた結社の主宰より、珠玉をいただいた作品である。それから六年後、その主宰がある雑誌に発表した連作の中に見つけたのが、これ。

形見分けお縁の下の雪の下

かつての弟子の作品のフレーズを、そのまま引用したなどとは到底思えない。あるいは、偶然の一致という神様のいたずらとしたら、また、どこかで一字一句違わぬ俳句が、産声を上げているかもしれない。

水底を見てきた皃《かお》の小鴨哉　　内藤丈草

水底を見てきし貌のかいつぶり　　伊藤通明

後もどり

後もどりしないから好き蝸牛　　初子

かつて句会で高得点を取り、「好き」の措辞に我が意を得たりと悦に入ったものであった。しかし、その座の指導者は「好き」が良くない。俳句は省略。説明や感情表現、形容詞は詩や散文の世界である、と指摘する。「後もどりしないからかたつむりなのでしょ?」「中七を『しないからこそ』と変えてみなさい。かたつむりそのものの存在が浮き立つのよ」。

その添削に対する不信感は長いこと消えなかったが、ある時先輩S氏の批評書翰《しょかん》を見つけたのである。「この句は、作者の前進や生きる姿勢を反映している。対象に向かって『嫌い』ではなく『好き』という自在な心で詠む作品こそが、注目されるべきである……」。これを読み、目前の霧が晴れた。視点の違いにより、双方とも俳句として成り立つということを、やっと理解することが出来た。真意を突く厳しい指導者と、良き先輩を持つことの不可欠さを痛感したのである。

そはMISTY

たった十七音の俳句に、見たものや思いの丈のすべてを入れ込みたくなるのは、一種の表現欲とでも言おうか。しかし、それでは散文詩か手紙で充分であろう。

「詠み手は多くを語らず、読み手が多くを知る」と言われたのは、俳句に足を踏み入れた者なら通らなければならない批評のひとつである。それなのに、せっかくの作品が他人にまったく理解されないのはどうしたものか。

そはＭＩＳＴＹ初日の夜を祝うなり

これから七・七と続く短歌ではない。ある句会でお目にかかった俳句である。「そはＭＩＳＴＹ」とミステリアスな切り出しに、おやっと気を引かせておいて、中七下五が意味不明なのだ。ＭＩＳＴＹは霧であり、季語でもある。初日って？「ＭＩＳＴＹ」なる舞台かお芝居のことなの？　その夜いったい何を祝っているの？　疑問が飛び交った。「ひとり旅のロンドンでの初めての夜、霧に包まれたテムズ川のほとりで、憧れの地に佇《た》つ自分自身を祝ったのよ」とは作者の弁。異国の夜の体験感情に陶酔し、自己満足で並べた五七五を見せられても当惑してしまう。霧の中は何も見えない。輪郭の見える具体的な切り口の景を読者は要求しているはず。感性豊かな作者は、推敲し生まれ変わった作品を見せてくれるだろう。

世の中のあらゆる分野はルールで成り立っている。俳句にも数々の決まり事があるのはまた然り。

人日や昼ひっそりと髪洗ふ

すでに、活字になっている作品である。「人日」は新年一月七日のことで、俳句に携わるものなら周知の通り。何故、髪を洗ったのですか？「だって、ほんとうに洗ったんだもの」と作者は主張する。それはそうです。誰だって一年中髪は洗います。

ここで決まり事の登場である。「髪洗ふ」は立派な夏の季語なのです。新年と夏の季重ねが、ぶつかり合いどちらも消えてしまうのではないか。中七のドラマ性を帯びたせっかくのフレーズが勿体ないと言いたかったのです。

今や季節を問わず胡瓜やトマトが店頭に並ぶ時代だからこそ、先人たちの築いた季語やその意味を吟味しなければ、いつまでも霧の中から出られないのではありませんか？

捨てる句、捨てない句

句会で不評だった一句を、捨てるか否か？　推敲に価するかどうかの見極めは、もしかしたら創作より容易ではないかもしれない。思い切って捨ててしまった方が、次のステップへ進みやすいとも言える。それとは逆に、高得点を得た句は本当に良い句として鵜呑みにしていいものか自問自答し、常に自己診断に時間を費やすのが俳句なのか？　吟行や席題で即吟が苦手なのに、後日、じっくり熟成させ秀句へと完成する技を得意とする人もいる。そうなると、句会における点の数が、必ずしも作品の良し悪しを左右するものではないと納得出来る。考えに考え抜き、練りに練った大切な作品、たやすく捨てるわけにはいかない。そのフレーズや状況を活かし、添削や推敲で、生き返らせる方法もある。

魚屋のお正月は忌中なり　（句会にて無点）

魚屋の二十日正月喪中なり　（前句の推敲）

「お正月」の凡庸な表現を具体的に変えてみた。二十日正月とは、おせちなどの残りである肴の骨などで料理を作ったことから骨正月とも言う、その意を踏まえてみた。俳諧味があると評されたが、その評が的を射ているか否かは別として、即座に可燃ゴミにしなかった一例である。捨てるを惜しまず、沢山作れば良いの見解、いわゆる多作多捨の精神もある。多作と言えば、生涯の作句数は二十万句以上とも推測されている『高濱虚子集』（朝日文庫一九八四年）の中に、並記されている興味深い二つの句を発見した。

Ⓐ灯をともす指の間の春の闇　虚子
Ⓑ灯をともす掌にある春の闇　虚子

よく読むと、大変なことに気がつく。ⒷはⒶの推敲とか発想展開ではないことに。「指の間」と「掌」がまったく異質であり、ひとつのシチュエーションから二つの句に独立させている想像力の喚起が、写生の精神へと繋がっていく、とてつもない技が潜んでいることに、おどろいた。そしてこの二句。

虹消えて音楽は尚ほ続きをり　虚子
虹消えて小説は尚ほ続きをり　虚子

これは『虹』という小説の前と後の連作である。

俳句は呼吸

ある年の暮、古いノートを見つけた。乱雑なメモ書きが目に飛び込む。「短歌は音楽↓ナイフ。俳句は呼吸↓鍵。近代の扉はナイフではこじあけれない（寺山修司）」

これはいったい何の引用か？　本棚の奥に『寺山修司俳句全集』（全一巻・新書館一九九〇年）を探し当て繙く。

昭和二十九年創刊の俳句誌「牧羊神」第五号の座談会より、寺山修司の発言から抜粋したメモと解明。（近代の微妙な恋愛感情は音楽にのる程野性的じゃなくて、もっと知的な野獣性を蔵している。俳句は鍵だし、短歌はナイフだ。最早近代の扉はナイフではこじあける事は出来ないように思うね。）↓（この時修司は十八歳）

桃太る夜は怒りを詩にこめて　　修司

わが呼吸も整えなければ。

Ⅳ 秀句に添いて

《俳句鑑賞》

なき骸を笠に隠すや枯尾花

宝井其角

わずか十三、四歳の江戸っ子の秀才其角を弟子として入門させた芭蕉にとって、どれほど可愛い秘蔵っ子であったか想像に難くない。自選俳諧抄『枯尾花』に遺した「なき骸……」の句からは、五十歳で逝った師への追悼句として、其角の人生を占めた濃密にして豊かな二十年間の師弟関係が偲ばれる。そんな其角が四十六歳の若さで師の世界へ旅立つまでの十三年間、酒を愛し、華やかな高楼に遊び「伊達風」と評された都会っ子は、江戸俳壇のリーダーとして、蕉門に其角ありの壮麗な彩りを添えたことだろう。せめて夢でもよい、タイムスリップして、其角様と一献酌み交わしたいものである。

月天心貧しき町を通りけり　　与謝蕪村

この句に出会った当初、貧しき町とは暮らし向きに恵まれぬ人々の町であり、その町を作者が月光を浴びながら通り過ぎたと読んだ。ただそれだけなら少々短絡的解釈ではないかと、自戒した。

古くより、中空を占めて輝く満月は、貴族や権力者たちの野望実現の象徴であると言われた。満ち足りた満月に叶わぬ願いや望みを託したのであろう。ここに記す貧しいとは、決して欲に溺れず、つましい営みに憩いを求めることではないか。となれば、貧しい町とは作者蕪村の住む町であり、通りすがりの町にあらずと確信した。安らかに眠る家々を、月の光は差別することなく隅々まで照らしているのである。画家としての蕪村の描いた静謐《せいひつ》にして穏やかな、一枚の絵が浮かぶようである。

あぢさゐのかはりはてたる思ひかな　　加舎白雄

――色彩感覚による追悼の思い、と説明文があったが。中七の「かはりはてたる」は、恋人や愛した人の心変わりとか、移り気を表しているように思えるのだ。何故なら、江戸俳諧の発句俳人として、風俗、人情、自然等の趣味性や、多様な作風が市民生活に溶け込んだのが人気の要因。と、大方の白雄評から判断するにつけ、また、社会性や魂の絶望的孤独に決して踏み込まない、独り暮らしの都会人らしい洒脱で繊細な白雄様であったろうことは、疑う余地がないからである。

有る程の菊抛げ入れよ棺の中　夏目漱石

調べてみると、漱石の友人大塚保治の妻であり、歌人で小説家の美貌と才筆を慕われた、若くして逝った大塚楠緒子《なおこ》の棺であると知る。悲しい、寂しい、惜しいの類の言葉やその意を持った表現はなく、上五・中七の措辞《そじ》に作者の故人への深い惜別の念が充分に描かれている。菊の香りにむせび泣く漱石の髭が見える。それにつけても、師に恵まれた漱石に憧憬の念が募るばかりである。

分け入つても分け入つても青い山

種田山頭火

「分け入っても」のくり返しに、孤高を持して立ち向かう姿がある。山頭火の研究家村上護氏は語っている。「一つ山を越しても、もう一つ山がある。『青い山』は、ひとつの事象を象徴しており、行けども行けども尽きない煩悩を表しているのでしょう……」と。

大正十四年、四十四歳の山頭火は出家得度して観音寺の堂守となるが、山林に住む孤独に耐えかねて、行乞流転《ぎょうこつるてん》の旅に出た当初の作であれば、俗世を捨て、解けぬ惑いを断ち切ろうと進んでいると推察出来る。

「また見ることもない山が遠ざかる」

「どつかりと山の月落ちた」

山頭火の自由律は、溜息から洩れるつぶやきのようにあたたかい。放浪の俳人なら、海の尾崎放哉《ほうさい》、山の山頭火なのである。

竹馬やいろはにほへとちりぢりに

久保田万太郎

竹馬に興じる幼子たちは、いつかちりぢりに世の中へ巣立っていくであろう。人の道の「いろは」をシンプルかつ端的に表現してこそが、俳句の妙味であろうか。下町の庶民の暮らし向きから生まれる、人情あふるる人と人との俳句こそが、時代を超えて多くの人に愛される所以であろう。

谺して山ほととぎすほしいまま

杉田久女

いつの頃からか「啼いて血を吐くホトトギス」と喩えられるようになったほととぎすの鳴き声である。従来の風雅なイメージを、その声のこだまする山を「ほしいまま」とした下五でみごとに言い当てている。

昭和六年、久女四十一歳。当時の久女は極度に俳句へ、師虚子へ一途にのめり込み、天才的かつ狂信的な心理状態であったと推察してもよい。新聞に応募した「日本名勝俳句」で虚子選の一位になり、天下に知らしめた一句である。

――故に、久女とほととぎすが響き合い、後の俳句人に衝撃を与えた一句であると言える。

コスモスを離れし蝶に谿深し

水原秋桜子

――コスモスから離れ谷に遊ぶ蝶が、楽しかったコスモスへ戻ろうとしたが、深い谷より這い上がるのは難しい。いっそうコスモスが懐かしく恋しい！　秋桜子の写生の本意は、「赤い花は、ほんとうに赤いか」と一歩踏み込み、わが身に生じた主観を強調した、エゴイスト的ナルシストなのではないだろうか？　故に共感出来ると発見した。

雪はげし抱かれて息のつまりしこと

橋本多佳子

――二十年前、この句と向き合った時の衝撃は今にして続いている。「雪はげし」の「はげし」を引き込んでの「抱かれて」の「て」に強いこだわりが生じた。はげしく抱かれたから息がつまる、などと安易な解釈から逃れようともがいた。

多佳子三十八歳にして夫と死別した後、十余年目にしてこの句を発表したことに、どうしても何かを探らなくてはならないと思った。ひとり残されて生きる危機感から逃れるための、自らの甘えを表したのではないか。この大胆さは、師杉田久女からの格調と官能を継がれた技法をして、せっぱつまった女の内面の叫びを俳句にぶつけたのではあるまいか。そんな勝手な結論に辿りつくと、息のつまるほど敬嘆《きょうたん》する一句として私の中で消えることはない。現実は回想の句である。

ひるがほに電流かよひゐはせぬか　三橋鷹女

薔薇でもなくチューリップでもなく、目立たずひっそりと咲くいのち短き昼顔に、電流を通わせるとは、とてつもない発想と奔放な作風に、オドロク!

鷹女にとっての写生とは、色・形にあらず、ひるがおに取り憑《つ》いた自己愛の「思い」と「執念」を貫くことも写生であるのかと、強烈に迫る。昼から夜の顔へ艶やかに変身する人妻を演じた、仏映画『昼顔』のカトリーヌ・ドヌーブが浮かび、全身に電流が走った。

「ホトトギス」の四Tと称され、俳壇の栄誉ある地位も省みず、富澤赤黄男の「薔薇」に参加した所以が手に取るように理解出来る。

子とありて霧も夜雨も戸に隔て　中村汀女

掲句は、酒をたしなまぬ甘党の汀女が、旅先で出会った各地の名菓を紹介しながら詠った随筆集『ふるさとの菓子』（アドスリー）より、北海道旭川の名菓「旭豆」の紹介に添えられていた一句である。

子どもたちの手に握らせた色とりどりの砂糖がけの炒豆を、「おいしいね」と喜ぶ母と子。留守を預かる妻として母として、霧も雨も隔てて子といるひとときに満ち足りた情感が湧き上がり、周知の名句「あはれ子の夜寒の床の引けば寄る」を彷彿とする。転勤めまぐるしい逓信省勤めの夫との間に三人の子を育て上げ、台所俳句の先駆者として大正、昭和を突っ切った汀女は、俳人として女として、尊敬の念に絶えない。

広島や卵食ふ時口ひらく　　西東三鬼

三鬼が、終戦後まもなく被爆の傷痕も生々しい広島に佇み詠んだと聞く。それ故か、〝忌〟の表記がなくても一気に一九四五年八月六日にフラッシュバックされ、決して「広島」を忘れてはならぬとの強いメッセージが伝わる。

食糧事情の厳しいあの時代、卵は宝物であった。命を繋いでいくすべての生物の繁殖は、卵子からであるイメージが示されていて「卵」であることに必然性がある。

かつて「日本人なら一度は広島へ行くべきである」と言われ、やっと実現したのは十五年前の七月、猛暑の日だった。原爆記念館とも称される〝平和記念資料館〟へ足を踏み入れた瞬間、背筋に冷たいものが走った。そうして館外へ出た私たち数人は無口になり、久しく食べ物が口に入らなかったことを忘れない。「口ひらく」とは、「ノーモア・ヒロシマ」と訴える口でもあったのだ。

原爆忌玉子かけごはんきらきらす　　初子

夜半の春なほ処女《をとめ》なる妻と居りぬ

日野草城

草城が結婚初夜を詠った連作十句「ミヤコ・ホテル」の中の一句である。発表は昭和九年となれば、花鳥諷詠の俳壇にどれほど大きな物議をかもしたことであろうか。当時、風俗的且つ流行歌的な感傷にすぎないと排斥する一部の世評が賑わったとのことだが、私は決してそれには賛同出来ない。

晩年の十年余り、病魔にむしばまれ五十四歳にして妻と訣別しなければならなかった、草城の初夜の愛の絶唱として受け止めざるを得ない。「なほ処女《をとめ》なる妻……」この高潔にして純粋なる表現に、いくたび胸を熱くしたことか。

生きることは一と筋がよし寒椿

五所平之助

寒風にさらされ、冷たい雨に打たれ、楚楚と耐えて際立つ、寒椿。

作者平之助は、映画監督として国産初の（昭和六年）トーキー映画を世に出し、独自の抒情作品をひと筋に貫き、日本映画全盛時代の先駆けとなった監督のひとりである。

中七の自己投影にも似た表示に、読み手は理屈抜きに背筋を伸ばすだろう。寒椿が季語として動かず、シンプルにして深い。

賑やかな骨牌の裏面のさみしい繪　富澤赤黄男

どの句集にも収録されていないのに、あまりにも有名な、昭和十年三十三歳の秀作である。一読わかりやすいが故に、カルタの字体と下五の「さみしい繪」の措辞が心に残る。

戦前の古き良き日本文化の匂いがする。赤黄男の俳句は、ある理由により久しく触れることから遠のいていた。しかし、やっと全集（朝日文庫）を開いてみることが出来た。その作品や俳論抄にひたすら驚愕し、〝ただただ、畏れ多い〟と涙した。いつか必ず、また深く知ることに心を費やしたい。

美しき緑走れり夏料理

星野立子

俳句を始めた頃、一読してすんなり頭に入り、胸にすみついているのは、飲食業にかかわっているからでも、主婦の立場からというだけでもないようだ。

夏の料理の総称的な表現として「美しき」と切り出した形容詞は、材料や品種に被せるために表示しているのではない。「緑走れり」と視覚表現に結びつけることで、涼しげに、新鮮さを命とする夏料理に、絵のような広がりを持たせている中七である。

たとえば、献立の種類をきっちり明記されたらどうであろう。「冷やっこ」「冷素麺」「心太《ところてん》」などと。それでは読み手の頭の中でしっかり固定されてしまい、そこから想像が広がらない。何も言ってないそのことで、調理する人の動きや、食卓に運ぶ女の美しいうなじや指先まで見えてくるようだ。さらには子どもの頃、暗い台所に立つ真白い割烹着姿の、母の背中までが。

形容詞の難しさ、素晴らしさを改めて学びとった。それにしても「緑走れり」とはなんと美しい！　父虚子の愛と才智を浴びつつ生まれた名句に対し、敬意の念におよぶ。

この句は、戦後の物のない時代、だから「緑」がいっそう作者の目に鮮やかだったのだ。

猫が子を咥へてあるく豪雨かな　　加藤楸邨

突然の豪雨に、子の首筋をくわえ、安全な場所を求め歩く母猫が浮かぶ。生まれたばかりであろうか、他にも何匹かいるのだろうか、一心不乱に移動している姿が目前に広がり、ジーンとくる。

人間探求派楸邨が、猫の母性本能を己に振り替え、生への執着が詠まれているとの解釈が許されるだろう。楸邨七十五歳頃の作品。楸邨には「猫」の句が多い。一九九〇年『猫』所収。

葉櫻のまつただ中へ生還す　　石　寒太

艶やかに美しい葉桜が目前に華やぐ。

十数年前、大腸癌を患い危険な状態から克服した作者が、葉桜と一体となっているかのようである。

桜は花の盛りを過ぎると、めっきり人影もなくなり地面に散らばる桜蘂がいっそう寂しさを呼ぶ。しかし、新芽が吹き出しみずみずしい葉が賑わい、みごとに生き返った生命力あふれる葉桜となる。その中で、生還の歓喜に身を震わせている作者の姿がはっきりと見える。

まさに俳句の生まれる風景の一瞬を切り取っている。句集『生還す』所収。

瑠璃揚羽逢魔《あふま》が夢を待ちゐたり　石　寒太

見かけることの稀な天然記念物の瑠璃揚羽の姿を想像してみよう。ひるがえる優雅なその大きな羽の色は、紫がかった薄い藍の玉虫色に変化させながら目前を過《よぎ》ったら、その美しさに息を呑み目を瞠るに違いない。

そんな揚羽蝶を、逢魔が時と形容される日の沈みかける薄暗い黄昏どきが、夢を待っているというのだ。「時」を記せず「逢魔が」と略したことが、その字面から放つ貌から魂を持つ妖艶さを導き、幻想的な効果をあげている。

これは、夢なのかうつつなのか？　その狭間に隠されている現であろう。

それは〈橋ひとつわたりきつたる夢はじめ〉の寒太句から連想することが出来る。

夢を愛する作者が、師・加藤楸邨から引き継いできた「夢」を、この瑠璃揚羽の化身となって、来世と現世の懸け橋を渡り、暮れなずむ夢の中へ時空を超えて溶け込んでいくようである。

「炎環」十周年記念に書き下ろした、表紙・扉すべて炎の真紅に装った胡蝶コレクション、夢四十八句を収めた句集から幽境の世界へ誘う逸品である。

妻とゐる死後にぎやかに熱帯魚

石　寒太

句集『あるき神』所収。同書は寒太主宰三十七歳の伝説の第一句集である。高津俳句大会選者として、自選句二十句「いのちを詠む」の中にもある。

老後を考慮しての高齢者ならず、その若さにしてすでに、妻と共に行く死後を詠んでいた。これも師の加藤楸邨による人間探求派への道筋に続かんとされていたことに、感じ入る。

生涯の妻と、後の世にあっても現世と変わらずに、色とりどりに泳ぎ回る熱帯魚のように、にぎやかに楽しく幸せに暮らせるに違いない。未来永劫続く妻への愛を詠んでいる。

「妻とゐる」の上五が詩のプロローグの美しさを放つ、愛の句である。だが、いのちの句として自選されたことにも、強く共鳴出来る。

愛の証しを示すことは、生きる生への命の証しでもある。そこで「愛」と「いのち」は一体であることが明確になったのである。そして、俳人石寒太の長きにわたり重ねてきた、俳句人生のただならぬ心情を想い量り、深く、熱く読ませていただき感謝する。

啓蟄やつぶやいてゐるQuo Vadis　　石　寒太

一読して、熱く蘇った。ハリウッド黄金期の一九五一年作の映画『クォ・ヴァディス』である。一八九六年に刊行されノーベル賞に輝いたポーランドのH・シェンキェヴィチの原作の映画化であり、内容は、古代ローマ皇帝暴君ネロの独裁下、キリスト教迫害やローマ炎上の史実を背景に、青年貴族と信者の蛮族の娘との恋を中心に描かれる、歴史大スペクタクルである。

Quo Vadisとは「主よ、いずこへ行かれるのですか?」のラテン語である。迫害から逃れローマを脱出しようとした使徒ペテロが師キリストに問うと、おまえが民を見捨てるなら、ローマに戻り再び十字架に掛かろうか、との答えに、ペテロはローマに引き返し磔刑《たっけい》に処され殉死する。

このキリスト伝説を引用してのタイトルに、幾多の言葉にも勝る瞬間伝達が映像の力である。それらをもってしても、啓蟄の含蓄ある季語との二物衝撃は、一句上に高い知識と技が潜む。「主よいずこへ……」と問う作者の視線の先は、当然、師加藤楸邨に他ならない。つぶやく寒太の背後に従いていく、地中から這い出る虫たちが見える。その中に、私も確実にいる。

《作品評》

『トランクの中』に想う

宮沢賢治に少なからず傾倒した者であれば、そのトランクの存在はすでに知っていよう。しかし、石寒太稿『トランクの中』には確かな資料の骨組みによる筆捌きから、筆者の賢治に寄せる情熱が、そのままファンを熱くさせるに値する語り口となった。

東京生活半年足らずで、一時帰郷した兄のトランクの中味を見た弟の清六は、どんなに驚いたことか。都会とは無縁の、故郷の山や川、草花、動物たちを元にした童話や詩などの、原稿用紙でびっしりだったとは。そんな兄に気づかう弟とのやりとりは、厳格な家庭に育った兄弟愛が滲み出ていて興味をそそられる。

また、妹トシとの交流には、兄と妹の特異なまでの愛情が、より作品に影響を与えているのかと察するにつけ、「永訣の朝」を偉大な遺産として受け止めなければ、と痛感する。

ただよへる魂のこゑあり揚雲雀　寒太

天高く飛び立つ揚雲雀のその姿はなかなか見えず、美しい囀《さえず》りだけを耳にする。生まれ変わった賢治の魂の声のように切ない。なかなか日の光を見ずじっと耐えている原稿が、トランクの中で軋んでいる音かもしれない。

ともあれ賢治の死後、蔵から出されたトランクの内ポケットより、草野心平・高村光太郎両氏の力で全集出版が実現された。と、ここに至っては大いに拍手を贈ろう。この発見がなかったら、永遠に『風の又三郎』に会うことも、『注文の多い料理店』に行くことも、あの途方もない『銀河鉄道』の旅に出ることもかなわなかったであろうから。

落ち来るや蝶々賢治の丸椅子へ　　寒太

丸椅子はゆったりとした安息の腰掛けではなく、ひと休みの仮の動作を受け止めるものである。激しい労働や農作業の合間に、ほっと一息入れている賢治の姿が、羽をたたむ寸前の蝶のように眩しい。

五輪塔のかなたは大野みぞれせり　　賢治

改めて、寒太氏の並々ならぬ賢治への造詣の深さに敬意を表したい。

もうひとつの曼珠沙華――「修那羅抄」を読む

天高く実りの秋、「兜太に会いに行く秩父路吟行ツアー」は、金子兜太、石寒太、上田日差子《ひざし》諸先生の誕生日が同じ。この誕生日の秋分の日を記念しての充実した一日だった。

秩父は、今が盛りと曼珠沙華が咲き誇り、バスの窓からも、立ち寄るいずこにも、群れをなしたり、川岸や畦に添う一本など、可憐にして楚楚としたその様に、不思議な魅力を味わった。

まもなくして、「炎環」二〇〇八年十一月号の「修那羅抄（十一）」（石寒太）を開くと、曼珠沙華の八句と再び逢った。

曼珠沙華どれも腹出し秩父の子　　兜太

やはり、曼珠沙華なら秩父である。

兜太大人秩父は桑と曼珠沙華

腹を出していた秩父の子も、今や押しも押されもせぬ大きな大きな大人になったのである。

曼 珠 沙 華 林 立 組 体 操 く づ る
曼珠沙華乱れてこころざわめけり
いちめんのほろびのはじめ曼珠沙華
大 宙 へ ど っ と 倒 れ し 曼 珠 沙 華

高々と組み上げられ、一瞬にして崩れる組体操との関わりや、はからずも乱れる心のありどころを知り、一面に咲き尽くして、滅びのはじまりを暗示している。散るにあらず、落つるにあらず、どっと倒れることこそが、滅びの美としての曼珠沙華か？

目 瞑 れ ば 父 見 ゆ 白 き 曼 珠 沙 華
茎 ば か り つ つ 立 つ 曼 珠 沙 華 の 夜 明 け

瞼の裏に浮かぶ父の姿は、白曼珠沙華となって消えていく。寂寂として立ち上がる茎は煌煌《こうこう》と夜明けを導き、エピローグの八句目へと繋がる。「目覚め」で終わる所以は？

水の音聴きつつ目覚む曼珠沙華

水の音に目覚める。「水の音」のこの句は、なんとなく何処かで逢ったような懐かしさなのだ。はっ！　と膝を叩いた。

水の音聴きつつ寝落つ曼珠沙華

この句が目前に飛び込んで来た。そう！　これは、秩父吟行の後日、ナイト句会の浅草吟行の折、寒太特選の賞品で頂戴した短冊の俳句であったのだ。「目覚む」より先に詠ったのが「寝落つ」だったのだ、と合点がいったのである。「目覚む」は立ち直る、起きる、蘇る、そしてはじまりを意味するのだ。「目覚む」の前身であった「寝落つ」の短冊は、今、宝物として大切に保管している。

『環』二十年の重さ

ある会員が「参加しなくて残念！」と呟き、「こんな素晴しい合同句集であるなら、自分の頁を記念に残したかった」と悔やんだ。

クリーム色のシンプルな装丁が「環《Kan》」の文字を引き立たせる。手の中のこの重量感こそが、「炎環」二十年の歴史の重みであると、実感する。頁を開いていくうち、従来の合同句集と何かが違う。各自の個性あふれる二十句の玉句が、独立していることに気がつくはず。それらがみごとに結集したのが、この一冊『環』なのである。

参加者は実に二六五名、掲載作品数は五三〇〇句となれば、たとえ一句ずつでも全参加者の秀句をこの稿に記載するのは、如何せん至難の業である。しかし、なんとか幅広く読み偏ることなく選をしたいと考えた。

そこでまず、二十周年にこだわり二十頁を開いてみた。なんとそこは、寒太主宰の頁であった。偶然であろうか。編集のニクイ演出であろうか。何だか嬉しくなった。

ともあれ、二十頁ごとに開いた頁を鑑賞させていただこう。誰に当たるかスリルがある。

ふらここや心語一如のつよき揺れ　　石川清子

「心語一如」が待っていたように、頁から飛び込んできた。「心と言葉をひとつに融和して自分の言葉でいまの俳句を作る」の意味となれば、自分の心と、言葉のぶらんこの揺れに、強い俳句への信念が見える。

寒の水右手に意志の伝はらず　　秀子

「リハビリ中」がタイトルである。お体の不自由さが「右手に意志」から伝わる。寒の水で体の芯から清められ、ご養生のほどを。

流星のあまりに多し妻を呼ぶ　　晃史

一瞬にして闇に溶ける流れ星のはかなさと、妻の存在感に、病と向き合う作者の心情を思い、切ない。

子規の碑の真下に置かれ八頭　　佳寿江

八頭が故意に置かれたのであろうか？　食に貪欲だった子規は、八頭をおいしく食したであろう。かの有名な子規の写真の頭が、八頭に見えてきた。お許しを、子規様。

ゆつくりとゆつくりと生き五月かな　　れいこ

あせらず、のんびり、それが生きることの大切さであろう。「五月」が佳い。

しばらくは船底にあり冬の波　　清水明子

船底に冬の波がしばらく漂っている。式根島在住の実生活から生まれる強さである。

踏青の荷に加へたる電子辞書　　節

中国の古い風習から来た風格ある季語と、電子辞書との抱き合わせが成功。俳句への心意気を示している。

往診の医師の加はり雛祭　　硫苦

「雛祭」がいい！　どなたの往診でしょうか。雛壇のある部屋での診察かしら？　医師である作者ならではの逸品である。

ほのぼのと会津訛りや雨蛙　狐音

「ほのぼの」に郷土愛が見える。作者は会津生まれである。東京と会津では雨蛙の鳴き方も、違うかもしれませんね。

青き海は藍のふるさとこぶし咲く　藍華

花こぶしの白と、海の青さの対比が眩しい。鎌倉にお住まいの作者は「炎環」創刊時より入会され、俳句に携わるお姿も、こぶしの花のように凜々しい。

犬と俺どっちが大事姫はじめ　和男

実に愉快な俳諧味ある一句でしょう。一茶が拍手して喜ぶに違いない。ここで再び寒太主宰の頁を開かせていただく。

葉櫻のまつただ中へ生還す
生も死もたつた一文字小鳥来る

病と闘い、生と死の狭間より蘇り、生きる喜びが迸《ほとばし》っている。命の尊さが、そのまま俳句の道へ繋がっていくようである。この二句は、俳壇で特に高い評価を得ている。「炎環」の一員として、大いに謳いたい。

さて、ここで労いの意を表し、編集委員の作品を選ばせていただこう。

落ち方の上手下手あり紅椿　悦子

散るは桜。落ちるは椿。人間はどちら?

爽やかや執刀医師の太き指　颯人

この手術は絶対に成功。季語が語っている。

万華鏡の中の黒点秋立てり　泰家

黒点といえば太陽。万華鏡は太陽の欠片かも。

虚子の墓桐の一葉の重たけれ　風伯

「桐一葉日当りながら落ちにけり　虚子」

綾取りの橋のびてゆく鹿の夜　みひろ

あや取りの橋を渡ると、月に行けますよ。

ふたりよりうまれしひとり室の花　優

「ふたりより」に敬服。ひとりから始まるふたり。

武蔵野の吾は鯰でありにけり　柚斎

鯰《なまず》の孫は人間だったのね。この鯰にぜひ会いたい！

ドレッシング「の」の字にかけし水菜かな　幸

「の」の字、なんて幸せな字。水菜がイキイキ。
編集委員のご尽力から生まれたこの記念の合同句集が、本棚に積まれるだけに終わらず、「炎環」に大きな役割を果していくことを信じたい。

V あの日、あの夜

藪

自分の存在を、立場を、認めてもらいたいという意識を常に潜在させている厄介なものが人間であり、他の動物にはそれがあるだろうか？

雨上がり、花々の茎などに這い上がろうとしている蝸牛は？　無言で風にじゃれている紋白蝶は？　日蔭にのんびりと寝そべっている猫は？　そこに在ることを示そうとしているだろうか？

居心地の良い場所でくるまっている藪の中の蛇だって論外ではない。静かに収っている藪を突いたらどうなる？「藪蛇」とはよく言ったものである。人は、時としてどちらの立場にもなることがある。藪を突っつく側か、突っつかれて飛び出す蛇の方か？　さりとて藪蛇にはなりたくないものである。

マイ・フェア・レディ

ヨーロッパ最西端の憧れの都リスボンは、十一月とは思えぬ明るい陽ざしと、真っ青な空と海。ポルトワインと海老とイカは、ことさら旨かった。何もかもが、これから行くスペインの旅の前途を明るくしてくれた。

ところが、それは国境までのこと。太陽の国アンダルシアの行くところ着くところ、空は灰色、重い雲、小雨、土砂降り、時雨とばかりの異常気象。車窓から見えるものは、スリップ事故の車、真っ黒なオリーブ畑、はてはしつこい傘売り。夢に見たアルハンブラ宮殿の散策に至っては、水たまりから水たまりへと、まるで涙の綱渡り。これはかつて七百年もアラブ人の支配の下で泣いた女たちの涙なのかもしれぬ、と感傷にふけってもいられない。新調の別珍のパンツも自慢のスエードの靴も変わり果て、とてもステップよろしく、『雨に唄えば』のジーン・ケリーの気分にはなれもせず。

こうなっては、『マイ・フェア・レディ』のイライザとなって、「スペインの雨は平野に降る」と、口走ってもみようか。

お許しくださいい穴子様

鮭のふるさと、北海道で生まれ育った私である。秋風吹く頃想い出す。十勝川を上る銀鱗、鮭のこと。スーパーで売られるパック入りの切り身などとは、別のもの。海の幸なら北国の、鮭が筋子が最高と、信じ通したこの半生？　東京人となってから、江戸前鮨の真の旨さを、いまだに求め、そこで出会った穴子とは、油焼けした歯切れの悪さ、拒否した舌は、穴子嫌いとなりました。

さてさて、ついにある夏、憧れの広島、宮島吟行が実現。お世話くださった地元の俳人、上山茅萱さんのご案内「お食事は名物穴子です」と、エッ！　穴子？　郷に入っては郷に従え。あきらめ食した「穴子せいろ」と「穴子丼」。ふっくらと焼き上げられて、さっぱりと、酷暑のさ中になんと爽やか、その旨さ！　絶妙なる味！「百聞は一食に如かず」。穴子の本物、ふるさとの味に感服致し候。

観能を中座して来し穴子めし　　伊藤白潮

富士額

若くして世を去った太宰治の弟は、自分の額の生えぎわが女みたいに富士額であり、せまい額だから頭が悪いのだと信じていた、と名作『津軽』での一節を読み、思わず吹き出してしまった。わが夫の薄くなった髪を支えている額は、くっきりと絵に描いたような富士額だからである。

男の富士額は女女しいなどと、とんでもない。今にして舞台化粧など、額は富士山に、襟足は逆さ富士に形取るのが常であるのだから、日本男子を象徴しているようでいいではないか。

だからではあるまいが、富士山のその全姿を拝したら、手を合わせたくなるのは何故か？

遠いそのむかし、神々が天降りされるのに日向《ひゅうが》の国高千穂の峯を選ばれたのは、富士山には、すでに神が宿っておられたからかもしれない。そして、富士山を見たい見たいと願い、ついに叶わず逝ってしまった母の霊も、その神にかしずいているかもしれない。

愛した男優

もの忘れのはげしい自分に愛想をつかしている。
昨夜何を食べたか忘れ。電話が鳴るたびに、今何をやっていたのか忘れ。
忘れないようにメモした記録を見るのを忘れ。昨年観た映画のタイトルを忘れ。
あんなに愛した男優の名前を忘れ。三年前の常連客の名前を想い出せず。
一度お伺いした家など二度と行けない。
いっそ全部忘れてしまえばいいって？
それでも忘れないものは、
親知らずの痛さ。腰痛の辛さ。心の傷。
えっ？　そうか！
忘れるとは、心が亡くなると書くのか。
亡くさないように大切にしまっておこうか。
でも、どこにしまっておいたか忘れそう。

「竹とり」ものがたり

わがふるさと、北海道の気候風土には竹が育たない。上京の折、まっすぐに伸びた竹林や、竹藪を見た時は時代劇の背景が浮かび、鞍馬天狗でも飛び出すのではないかと感動したものだ。

竹への憧れからか、小学生の頃「竹割り」という遊びが流行った。割箸ほどの長さに、幅一センチ〜一・五センチに割られた四本一組の竹があればいいの。片手で握り床に軽く打ちながら、一回転させたり、ひねったり、手のひらを替えて振り受けたり、竹の端を床に軽く着けて手の甲に四本を並べ乗せ、その手の人差し指と中指をはじき、表面から裏面へと一本ずつ返したり、定められた多種の技を歌に合わせて進めていく。途中つまずき落とすと、そこでストップ。またやり直し。

「一《ヒト》ナゲ・二《フタ》ナゲ・三《ミ》ナゲ・四《ヨ》ナゲ・五《イツ》ヤノ六《ム》スコサン・七《ナ》ニユッテ・八《ヤ》カマシ・九《ココ》ラデチョット・十《オオ》サカケンブツミッツノヨ」

休み時間、体育館の隅っこにぺったんこと座り込んで輪を作り、リズミカルな歌と共に、カチャカチャと竹の音を響かせている女の子の領域に、男の子たちは入り込めない。ある日、一年下のトキオ君に待ち伏せされた。「竹割りを、オレにもやらせろ！　かわりに釘刺しをやらせるからよ」と、詰め寄られた。あの時のトキオ君と、四本の竹は何処へ。

ひとつとや恋猫つづくかぞえ歌　　初子

太陽がいっぱい

男にある美しさも、女に隠された醜さも、分かるはずもない十代、父の恋人を誹謗《ひぼう》し死に追いやってしまった仏・伊映画『悲しみよこんにちは』の少女にとっても、突然消えた恋人の友人に、悲しみを癒すかのように身をまかせてしまった『太陽がいっぱい』の彼女も、すべては、夏の太陽の罪深い仕業なのです。ほら！　大切に守っていた処女を、少年の宝物童貞を失ったのも、きっと蒼い光を放つ夏の月の下だったのでは？

夏は大切なものを失う季節。それは再生するための試練なのかも。

愛犬のヨッを病で失い、泣きながら川に流しに行ったのは、八歳の夏だった。

あゝ！　そして西日が照り返る信号のない交差点で、トラックが母の命を奪ったのも、私が二十七歳の夏だった。ひと夏ごとに何かを失っていくこの季節を、幾度迎えなくてはならないのだろうか。失うものがなくなるまで続くのだろう。今年もまた、太陽に汗を、蚊に血を沢山奪われた夏だった。

遠き日の悔い消えやらず夏終はる　　初子

シバの女王

夫と私に、ぜひ食べさせたいとN氏が案内してくれた。でもどう見てもおいしそうには見えない。ドロドロと土色の、泥んこ遊びを思い出し気持ち悪いものにさえ思えた。しかし、ここは東アフリカのケニア、首都ナイロビ郊外のエチオピア人街のレストランである。お腹が空いていないと理由をつけ、三人で二人前の注文をした。

皿と言うより洗面器のような器が運ばれてきたがフォークがついてない。N氏は手で食べている。よく見ると、料理の下に大きな餃子の皮のようなものが敷かれてあり、引っぱるようにちぎっては、それに包み込むようにまるめて食べている。巧みな指捌きのN氏は山形県出身のフリーカメラマンとしてケニアに十年近く在住するベテラン国際人である。さすが。

我々もとにかく挑戦。夫はひと言「ウマイ！　ビールが欲しい！」とミネラルウォーターでガマン。さっぱりとしているのにコクのあるこの旨みは肉のようでもあり魚のようでもあり、化学調味料で麻痺している舌を唸らせる絶妙な味。エチオピア料理として古くから伝わるポピュラーなものとか。あのシバの女王も食されたのか。マラソンの女王ロバ選手も食べていたのか。
私と夫は悔いた。一人に一人前の注文をしなかったこと。その料理の名を忘れてしまったことを。九年後の今も忘れられない味なのに。

メニュー忘るブーゲンビリアの風甘し　　初子

赤い雪

いつもは、星や月が覗いてくれる屋根裏部屋の三角窓が、今にも火の粉や炎が飛び込んで来そうに、真っ赤に照り返っている。

火防線と呼ばれる斜めに走る道を挟み、わが家の裏手に建つ街一番の老舗旅館が火元で、燃え上がっているのだ。一階を薬屋に貸しており、二階と三階の屋根裏がわが家であった。窓越しの炎が四歳の私には不思議なほど美しく映った。

暮れのシバレル北海道の夜、お正月の用意に忙しいはずが、「はつこ！　はっちゃん！」と階段を駆け上がってくる母の声で、ただならぬ状況であると察知。父と母が何やら喚《わめ》きながら、布団袋に私の寝ていた布団と、湯タンポを詰め、私まで帯のようなもので縛りつけ、「だいじょうぶだよ、かあさんが迎えに来るまでじっとしているんだよ」と、近所の知人の家にポイッと置いていかれた。

大人たちは何処へ行ってしまったのか。ポケットの飴玉を舐めながら、湯タンポと布団にくるまり、どれほどの刻が過ぎたろうか。

母の明るい声に一瞬の仮眠より目覚めた。気も動転していた大人たちは、私の存在を忘れて捜したらしい。窓の外が明るくなった。雪が降りはじめたのだ。さっきの炎が脳裏をかすめ、降りしきる雪が紅色に見えた。

雪降る夜ひと呼ぶこゑのやはらかし　　初子

赤毛のアンに負けた少女

大人をちょっぴり批判しながら、背伸びをしていた中学時代。校内読書感想文大会にクラスより選ばれ文学少女ぶっていたナマイキ盛りは、少年少女文学全集など目もくれず、図書館で釘づけになった本は草花を手に川に浮いている、可憐な少女のカラー刷りの表紙絵のものだった。

戯曲のそれは、昔むかし遠い遠い国の、殺された父である王様の仇を討つ王子様の復讐劇。翻訳の格調高い台詞や、登場人物の人間関係や心理描写の無駄のない難しい表現を、繰り返し読んだ。十四歳の自分が大きく見えたり、取るに足りない価値なき小さなものに思えたり、読むと言うより一章一語ごとに自分がそこに入り、ページをめくるのが恐いほどのときめきと、感動にのめり込んでいった。気がつくと、感想文を書くために読んでいることすら忘れていた。眠れぬほどのかつてない興奮を文にするなどとても出来ない。それでも感じたままを書こうとしたが、それすら出来ない。とうとうその理由も悩みも先生に打ち明けられずに挫折してしまった。これがシェイクスピアとの出会い『ハムレット』

の初体験だった。
ところで感想文の優秀賞は男子生徒の『赤毛のアン』と聞かされた。

すみれ摘む少女のリボンはづれさう　　初子

太陽から三番目

もし、私が「お正月」というものになれたら、世界中の貧しい子どもたちの空腹を満たしてあげたい。

どこの国の人たちとも語り合える言葉の壁や、肌の色の区別を取り除いてあげたい。

太陽から三番目に近い大切な私たちの星に、豊かな恵みにあふれる美しい水と緑が永遠に続くように、全能の神様にお願いしてあげたい。

そうしたら、きっと人と人は、生きものと生きものは争うことなく殺し合うことなく、仲良くなれるはず。だって、「もう幾つ寝るとお正月」と、子どもに戻ってみると、お正月の大人たち、親たちの顔が仏様のように穏やかで優しかったから。年頭は、怒りや悲しみ妬みは謹み、厨の包丁や刃物まで休ませたのだから。

そんな心根を一か月、半年と続けていったら、人類に永遠の平和がやってくるに違いない。偉大なる「お正月」だったら、出来るはずである。「ねえ、お正月さん⁉」

幸せのかたちはひとつお正月　初子

焚火

「サザンカ　サザンカ　サイタミチ　タキビダ　タキビダ　オチバタキ……」お馴染みの童謡「たき火」の歌詞である。冬を迎えると、庭や街路樹の草木はすべて枯れてしまう極寒の地、北海道のど真ん中で生まれ育った子どもの頃、真冬に咲く花なんてあるんだろうか？　サザンカってどんな花だろうか？　この歌を聞くたびに疑問が浮かんだ。そんな花の咲く道端で、落葉をかき集めて焚火をしている風景を、遠い異国のように想像していたものである。

それから数十年後、東京に住むべくして上京した十二月の上旬。マフラーひとつで駆けている半ズボンの少年の足元に、あかあかと散らばっている花びらを見つけた。近くにびっしりと花をつけて咲いている、こんもりとした木がサザンカであると教えられ、思わず「たき火」の歌を口ずさんでしまった。

毎年、サザンカが咲きはじめると懐かしさがこみあげる冬の花のひとつである。

山茶花のつぎ咲く花を待たず散る　初子

上海電影紀行

空港に群生するサルビアの赤に、星を染め抜いた真紅の国旗がかすんでいた。中国の玄関、上海虹橋《ホンチャオ》空港の印象は真っ赤であった。

今、中国映画が熱い。注目は、二十世紀初頭の租界《そかい》時代の魔都上海と、米映画『スパイ・ゲーム』にもロケされた、東洋のベニス蘇州など、映画ゆかりの地を散策する。こんな旅の誘いを、自称映画マニアの私は断る理由が見当たらなかった。中国第三世代の彗星張芸謀《チャン・イーモウ》監督の『紅夢』、陳凱歌《チエン・カイコー》の『花の影』、メイベル・チャンの『宋家の三姉妹』、そして、S・スピルバーグの『太陽の帝国』、また『上海グランド』『追憶の上海』『上海1920』『華の愛』、これら一連の作品の、歴史に翻弄されつつ、愛や憎しみ、野望や挫折、人間愛や祖国愛などといったさまざまなドラマはすべて、上海・蘇州が中心舞台である。映画評論家大和晶女史率いる一行十五名は、郊外の上海屈指の撮影所オープンセット「上海影視楽園」に辿り着く。

旧フランス租界時代の新天地そのままの、欧米様式建築物の住居や公園、ショッピング街。教会や劇場、万里の長城の原寸大の外壁や通門、飛行場や戦車、文化革命前の少数民族の民家など、それらを一周出来る路面電車まで走っている。まるで中国全土を一瞬にして見る感覚である。石庫建築の紅楼《こうろう》街の細い通りを歩きはじめたその時、大和晶さんが上を指して叫んだ。「あそこにレスリー・チャンがいるよ」。『花の影』で〝天香通りの女〟と呼ばれる人妻であるレスリーの愛人が飛び降り死するシーンに使われたバルコニーだった。それに触れ、興奮していた女性がいたが、それはその映画に感動し、レスリー・チャンの熱烈なファンだからこそである。

映画とは人の人生に入り込む、もうひとつの人生かもしれない。映画を語りながら上海料理や蘇州料理の豚を楽しんだ五日間の中国だった。心残りは、蘇州の地を踏みながら寒山寺に立ち寄るチャンスに恵まれなかったこと。再度行けたら、パワフルな中国観光客のいない蘇州四大名園の留園を散策してみたい。中国古典物語のヒロインのように。

街路樹の芙蓉の花散る南京路　初子
蘇州へ蘇州へ背高泡立草　〃
10元で歌う船姐や川の秋　〃
孫文夫人宋慶齢宅の蓼紅き　〃

ふたりのヘップバーン

他人様が遊んでいる時に働く運命にある私にとって、旅を楽しむ手段のひとつは、涼しい映画館に出向きスクリーンの中の旅に便乗させてもらうことである。

今や古典とも言える『ローマの休日』（一九五三年米）は、某国の王女アンがローマ訪問中にこっそりホテルを抜け出し、新聞記者と知り合う。ロマンチックなムードと共に、王女役のオードリー・ヘップバーンのチャーミングさと白黒映画の光と影が、結ばれることのないふたりを効果的に表し、未知の世界ローマの街並をたっぷり楽しませてくれた。

もうひとつの忘れ得ぬシネマの旅に『旅情』（一九五五年英）がある。

舞台はここもイタリアのヴェニス（ベネチア）。アメリカからの未婚の旅行者に扮するキャサリン・ヘップバーンと現地の妻子ある男性との切ない交流は、汽車の窓や、運河を渡る橋やゴンドラ、雑貨屋の真紅のゴブレット、そしてスパゲッティなどなど、まだ見ぬ憧れの地とマッチし、今にして半世紀を超え、銀幕の旅は人生を、恋を、ときめきを与えてくれる。

飛行機や新幹線に乗らずとも、旅は出来るのです。芭蕉翁が仰せられたではないですか。

「生きていることが、旅である」と。

さあ、明日はどんな旅の出会いがあるかしら？


初月夜明日といふ旅おなじ連れ　　初子

モーラの死

世界に誇るSF漫画の先駆者、手塚治虫。子どもの頃の記憶の中に、印象的な秀作がある。タイトルは『38度線上の怪物』であることを後年知った。

ある朝、黴《かび》の生えたパンを食べてしまった主人公の少年の体は、一瞬にして小さくなり、ミクロの世界に入る。それからのいきさつは覚えてないが、ある結核患者の青年の体内に入り込むことになる。そうしてどこかの器官で、モーラ（この名だけは記憶する）という美しい少女とその一族に出会う。一族が盛え、安泰を保つのはこの患者の体温が38度線上にあり、医薬的な治療を受けると、衰えていくこの一族こそ結核菌なのである。

モーラに恋した少年は、悩む。多分患者を救うための使命を受けていたのかもしれないが、その辺のことも忘れているが、少年はモーラだけは救いたいと、手塚ワールドの描く、美しく、時にリアルな臓器の中で戦う少年の一途さにわくわくした。ついに迎えたラスト、患者の吐き出した痰の中で息絶えるモーラの、そのカットに泣いてしまった。

手塚治虫崇拝者の夫より、朝鮮半島の南北に分かれた38度線の含蓄もあり、奥の深い作品であると聞かされた。少女期の幻の漫画として、記憶の宝物にしたい。現物に触れることが不可能であるが故に。

一九六六年製作の米映画『ミクロの決死圏』は、今にして、これは『38度線上の怪物』の盗作であると信じている。

大根の〝切れ〟

「きょうの大根は辛い！」〝しらすおろし〟を好むいつもの客が目をまるくした。

そんなはずはない。頭の方をおろしたのだから……と思っていると、「腹の立つことでもあったの？　大根をおろす時はおだやかな気持ちでやらないとね」と、おまけまでつけられた。

一本の大根は、真っ二つに切らず三等分に切り、頭部は水っぽく甘いので煮物やサラダ。辛いと言われる下の尻っぽの方はみそ汁の具などに、中間の部分がほどよい水気とそのものの味を生かすので、おろしものにと使い分けている。

大根のどこを切っても大根だが、味の違う上下の甘さ辛さをコントロールする中間は、さしずめ俳句の中七であろうか。上五か下五に斡旋した季語を生かすも殺すも中七の繋ぎにかかっている。

おっと！　これは私たちの生活とは切っても切れない大根のお話でした。

おおきくなったら

映画・芝居かぶれの母親の影響は大きい。「おおきくなったらえいがスターになるの」と、怖れなき幼児期を経て進んだ高校は演劇名門校の私立女子高校。演劇部に入部したのは当然。待ちに待ってついた大役は、貧しい母子家庭の三女の役。家計を助けようと、中学卒業と同時に水商売に入ろうとする、明るくけなげに生きる少女の役で、個人演技賞をいただいた。十勝地区団体作品賞と共に地方紙（十勝毎日新聞）にも載り、朝礼の折、全校生の前で校長より直に賞状を受けた時の、軽やかな足取りが蘇る。

その頃、離婚して父と私たち姉弟から別れていた母の元へ、賞状と写真を持って駆けつけた自分は、きっと映画のワンシーンのように輝いていただろう。

それから十年後、四十九歳で交通事故死した母のデスマスクの美しさは忘れ難く、すでに私は、映画女優になる夢など露と消えていた。

拝啓神様

母の通夜だった。伯母や叔父が真顔で私に告げた。

「初ちゃん！　いきなり変わったことをしてはダメよ。普段やっていないことをね」「こんな風になってしまったんだから」と、深い溜息と共に祭壇の遺影を仰いだ。

七月十二日、真夏の沈む夕日と共に、運送トラックに撥ねられ、ほとんど即死だった。四十九歳の誕生日を迎えたばかりだった。そんな酷い運命を誰が予想しただろう。しかし、神のみぞ知る運命の予感は、母の中である異変を起こしていた。

亡くなる数か月前から、身内や近親者にせっせと手紙を書いていたと言うのだ。受け取る側は奇妙な驚きと、不思議な胸騒ぎを覚えたとのこと。何故なら、母はみごとなまでに筆不精で通っていたからである。いきなりの手紙に、さぞびっくり仰天であったろう。

どんな内容の手紙か、伯母に問うた。それが、大それたことや重要なことはなく、ご挨拶程度と近況だけであり、でも必ず、文章の結びに「ゆっくりと会いたいですね」と書かれてあったと、口を揃えるように言う。

あゝ、まるで母の予知せぬところで、早く会わないといなくなるよ、と訴えているかのように感じて、ゾッとした。私は、神様に手紙を出したい。
拝啓神様、なぜ何十年も筆を持たなかった母に、手紙を書かせたのですか？　と。

大夕焼母の手紙の灼かれ消え　初子

拝啓森英介様

久しくおめもじ叶いませぬうちに、桜があっという間に散ってしまいました。低温が続いた異常気象でもちゃんと桜は咲いてくれるのですから、自然はオドロキです。

驚きと申せば、あなた様には幾度驚かされたことでしょう。

かつて、私の所属俳句結社の石寒太主宰より紹介されたあなた様が、元新聞記者の俳句コラムニストとして、「俳句αあるふぁ」（毎日新聞出版）のコラムに私を取材し紹介してくださったのは、嬉しい驚きでした。それから、あなた様が出版された、血液癌（白血病）により二十七歳で夭折《ようせつ》した女優夏目雅子の写真俳句集『優日雅』（実業之日本社）の何と美しく素晴らしい本であったか、目を瞠るオドロキでした。そして翌年、それは夏目雅子の癌が乗り移ったかのように、あなた様のお嬢様が膵臓《すいぞう》癌のため、三十七歳の若さで亡くなられたと知らされた時は、ただただ驚愕するのみでした。

そんなお辛い思いを忍ばせながら、次に出版された本は、肺癌でこの世を去ったわれらが国民的スターの、寅さんこと俳優の渥美清の俳句人生を詠った『風天 渥美清のうた』

（大空出版）でした。

それはもう、何かに取り憑かれたかのように、またもや癌でした。私は何故か驚きを超えて、妙な胸騒ぎを覚えたのです。

しかし寅さんの本はマスコミから高い評価を得て、あなた様のこの上なき幸せなお姿に、本懐を遂げられたであろうことを確信出来ました。もう〝びっくり〟はないですね、と呟いたものです。

ところがついに、とてつもない驚きのメールを受けたのは、去年の三月でしたね。「娘と同じ、厄介な病を宣告されたよ」と。今年の桜はあちらの世界から、お嬢様と一緒にご覧になっていらっしゃることと、心から安らぎを念じています。合掌

まあだだよ娘の墓洗ふ彼岸花　　森　英介

グレゴリー・ペック

小学五年生の夏であった。

「きょうの絵の授業は、人物写生をする」。グレゴリー・ペックにそっくりな、憧れのコンドウ先生がいきなり私を見つめて「モデルはミワハッコになってもらう」。なんと、蛇に睨《にら》まれた蛙になってしまい、逆らえるはずもなく、磁石に引っぱられるように教壇の椅子に腰掛けさせられた。

「さあみんな！　このモデルをよく観察しなさい。特徴はどんなところか言ってみたまえ」。石のように動かない私に視線が集まった。「眉が太い」「目が大きい」「色が白い」「髪が長い」……それぞれ感じたままに口走っている。「そう、いつものハッちゃんを描きなさい」「ひとつの特徴をとってもいいし、そっくりに写生してもいいし、自由に描きなさい」。こうなったら、俎《まないた》の上の鯉である。覚悟を決めなければならない、人生最初の決断であった。「いつもと変わらず、楽にして動かないでね」。先生はどこまでもやさしい。「何か好きな物語のことなど考えてるといいよ」と。

そうだ、大好きな映画のシーンを想い浮かべてみよう。そうしたら、この時間もすぐ過ぎてくれるだろう。教室の壁の一点を見つめていると、次々と浮かんできた。ディズニーの『白雪姫』の小人たち、『オズの魔法使い』の夢の森、ミュージカルの『回転木馬』がぐるぐる廻っている。

「ハッちゃん、起きなさい！」コンドウ先生の声に、目の前のスクリーンが消えた。絵の下手な私のルーツなのである。

絵の中の少女は老いず小鳥くる　　初子

口が無い！

「ご飯を食べながら、テレビはダメ！」と注意されて育ったテレビっ子も、いつか大人になる。戦中生まれの私にとって、テレビ初体験の記憶は、電気屋の店頭に置かれたブラウン管から見た、プロレス中継の力道山だった。ご飯を食べる時、テレビが目前にあるようになった頃には、気がつくと「宿題はしたの？」「早く寝なさい、朝起きられないよ」と注意している大人になっていた。

一九八〇年代はじめの米ホラー映画『ポルターガイスト』（心霊現象）を観ると、テレビを放り投げたくなるはず。家中が寝静まった深夜、終映した霜降るテレビ画面より聞こえる、死霊の声と会話をする幼い女子の恐怖を忘れることが出来ない。その子の住む家は、元墓場だったのだ。

そして、その続編とも言える、十歳くらいの女子がご飯も食べず、学校にも行かず、誰とも話さず、一日中テレビのアニメに釘づけになっている。その娘をテレビの前から引き離そうと、母親が女の子の部屋に入り大きな声で呼ぶと、やっと振り向いたその顔を見て度肝を抜く。なんと、口が無くなっていたのだ。これもまた、四話からなる映画『トワイライトゾーン』（超次元の体験）の一話である。テレビがいかに子どもの成長に、悪影響を与えているのかの極論を描いていた。

やっぱり、テレビを観る時は飲み食いも楽しもうよ。でも子どもは早く寝ようね。などと深夜までテレビを観ている、老い先短い映像好きの独り言である。

温め酒深夜テレビに身をまかせ　初子

ツルゲーネフ

脳溢血で、帰らぬ旅立ちをした五十三歳の父は、大酒飲みの「医者の不養生」だった。日本酒二合程度の晩酌で済ませていれば、酒のないあの世へ急いで行くことも、大切なものを失うこともなかったと痛感する。飲み過ぎると「いい加減にしてください」とたしなめる母に、父の返す言葉は、きまって「よい加減ですよ」だった。それは、治療中の医者からの「加減はどうですか?」に対して患者が答える言葉で、母をからかっていたのだ。だからこそ「その飲み方は『よい加減』ではない」と、母の嘆きは深かった。

一九四〇年~七五年頃の北海道は道東に位置する十万都市の片隅に、「H・S高周波治療院」と扉に書かれた小さな治療院が、わが家だった。その治療とは、板チョコくらいの大きさで〇・五ミリメートルほどの厚みの銅板二枚を病傷の部分に当てて、それに電波(高周波)を流す。決して火花が出るなんてことはなく、熱くも痛くもなく「ジージー」と音がするだけである。家族はこの治療をジージーと言った。専門医に見放された病や、身内に知られたくない性病などを抱えた患者が、評判を聞きつけて遠方からも通ってきた。

誰かが電気治療と言うと、父は必ず「電気ではない！　電波だ」と反論した。Ｈ・Ｓとは、この治療法を発明した医学博士の頭文字であったようだ。当時まだ国から正式に認可が下りず、父は酔うと「国はバカばかりだ」と暴言や暴力をしばしば振るっていた。

ある時、治療室の本棚に並ぶ医学書の中に、黒く分厚い本を見つけた。『ツルゲーネフ全集』とあった。「どこかのお医者さんか誰か？」と聞くと、「ロシアの小説を書く人だよ」と言う父が、外国の物語を読んでいるのかと不思議な気がした。

中学二年生の頃、読書感想文校内大会があり、クラスから選ばれたので、「ツルゲーネフを読みたい」と切り出した。「難しいが、読んでごらん」と許された。列記された題名の中からその文字に惹かれて「初戀」を選び読みはじめたが、みごとに挫折した。そのことについて、父は何も言わなかったのは何故だろう。いつか必ず、再挑戦して父を知ろうとしたが、いまだに実現していない。ツルゲーネフを思うと、父の大きい眼と濃い髭を想い出し、苦い唾が舌に集まる。

十七歳の時、母に連れられ父のもとを去ったが、まもなく父を冷静に分析出来る時が来た。父の中には特殊な電波が流れていて、酒が火つけとなり、酒乱化し暴行に走ったり、時にツルゲーネフを愛する人になったりする。それは、父の心にあるスパイスの匙《さじ》加減が支配していたのだ。年輪を重ねた今、父から受けた数々の痛みは消失されたと確信した。

Ⅵ 「チャンピオン」おもいのまま

拝啓宮沢賢治様

そのお姿を隠されて六十三年もの間、それほど遠い世界に行かれたようには思えないのです。なぜなら黄金なる稲穂を渡る風の中や、隆々と流れる北上川の中に、路の辺に群れるつゆ草の露などに、あなた様を感じられるからです。あるいは、深い森の精となり、どんぐりたちのズボンや、狐のマスク、梟の眼鏡やらを作ってあげておいでなのかしら？やはりはるか銀河の彼方に漂われ、流れ星が星屑にならぬように、夜だかの星や、双子の星の輝きが失われぬように、見守っておいでなのでしょうね。

そこでお願いがあります。偉大なるあなた様に敬意を表し、私と夫の経営する店にぜひご招待したいのです。どんなお姿に変えて来られるかご一報の上お出かけくださいませ。必ずやご満足いただけるはずです。味自慢で有名な「注文の少ない料理店」なのですから。いつまでもお待ち申しています。

平成八年九月二十一日

三輪初子拝

火加減

「○○は瞬間芸術である」を持論とする者がいる。○○に当てはまる言葉は何だと思いますか？　俳句って？　やはりそうきますか。

「美の追求、表現をめざす文学、音楽、絵画、彫刻、建築など美的価値の創造などの総称」。これは辞書にある芸術の定義。俳句は生きている今の一瞬を詠うという観点から、立派に文学の部類。俳句と答えたいのは分かります。でも○○の場合は、生きるために不可欠なもののひとつなのです。俳句はなくても生きていけるでしょ？

ビートルズやモーツァルトがなくても、尾形光琳《こうりん》やピカソを知らずとも、総合芸術と言われる映画を観ずとも、日々の暮らしに支障はないでしょ？　フカケツ？　なんだろう？　ますます分からない。混乱して頭の中がバクハツしそう！　おっと、それ！　え、爆発のこと？　まさか、そのバクハツするためのエネルギーになるものよ。エネルギー？　食べ物のこと？　ピンポン！　そう、○○とは「料理」なのデス。

塩ふる瞬間、煮過ぎず、焼き過ぎず火加減の炎からフライパンを返す決断の瞬間、そして出来たてを食べる一瞬の味こそ生きる芸術。ナルホド。それで瞬間芸術の持論の主は誰？　料理人でもあるわが夫でした。

芸術を食べて爆発天高し　　初子

くらいますく

昭和ひと桁生まれの特徴は、食べ物を残さない、そして横文字に弱い。飲食店を営んでいた頃、昭和二年生まれの常連がいた。『エレファント・マン』の映画を観た帰り、「《えれんとまん》を観てきたよ」と真顔で言ったり、また「今夜は土曜《すぺさんす》があるね」とテレビを見つめる。「サスペンス」のことである。

彼にとって、超弱いカタカナを使うことは、今の時代を共有している証しになっていた。言い改めるとプライドに傷がつくであろうと、誰もが思いやり聞き流していたのだ。ある夜、テレビの中で暴れん坊将軍がカッコ良く立ち廻っていた。「いよいよ《くらいますく》だな」と彼が声をあげた。私はあいづちのつもりで「山場だね」と言ってしまった。それから、何故かあまり横文字を使わなくなり、まもなく心筋梗塞で急死したと知らされた。あの時思い切って「クライマックスだね」と、共に発声してあげればよかった。

彼にとっての人生の山場でもあったに違いないと悔やまれる。

いち度だけのクライマックス花芙蓉　初子

婿入り先はアンドロメダ

Oさんが来店するやいなや、「ゆうべのボクシング観た？　チャンピオン強かったね。左ジャブから次に打った右ストレートは凄い。あれじゃ日本人はまだまだ駄目だと思ったよ」。元ボクサーの店主であるわが夫にまくしたてた。Oさんにビールを渡しながら「テレビで観たの？」と聞いてみると、「もちろん釘づけだよ」。この即答に、客たちは雷が落ちたように目を見開いた。Oさんが全盲に近い弱視であることを知っていたからである。高校在学中、野球のボールの直撃を受け、明かりを失ってしまった。以後二十六年、想像を超える努力を積んできたであろう。

二十歳くらいの時、盲人協会の卓球大会で優勝したことがあると聞く。音の波調でスピードや、その距離が見えるとのこと。「僕は生まれつきじゃないから幸せだよ」と言い切る。「十六歳までの景色や、母の姿や父の大きさ、友人たちの笑顔が頭の貯金箱に収めてあるからね」と。声にかたちがあり、音には色があるんだ。だから僕には普通の人より沢山のものが見えるんだ、とさまざまなことを立証してみせた。知り合った当初、私の身長、体重、血液型、出生地の方角まで言い当てた。しかし目は一重の切れ長と言ったことだけは外れた。びっくりしたように、大きな目をしているのが私のポイントだからである。ひとつだけ違っているのが、かえって真実味を増すから不思議だ。

すべてに前向きで、勤勉家のOさんがついに、念願のアマチュア無線の資格を取った時は、世界中の人々と交信することで、自分の存在を確認出来ると、実に喜んでいた。

そんなある日、信じられない言葉をOさんの口より聞いた。宇宙人と交信し、しかもコンタクトを得て交流までした、と断言するのだ。

本当に宇宙人だったの？　とは聞き返すことも出来ず、真剣に語るほど信じ難く、「Oさん、目を覚まして！」と呟いてしまった。そして数日後、何か悟ったような、さっぱりした表情で現れ、僕は優秀な地球人の男としてアンドロメダ星に招かれることになったよ。そして必ず戻ってくるよ。見える目を持った十五、六歳の少年の姿に変身してね。と、もはや、疑う余地など許されなかった。

数週間後、Oさんが脳溢血で急死した、と知らせがあった。あゝ、なんてこと！　アンドロメダに行ってしまったのだ！　ほんとうに。でもきっと帰って来る。あのカチンカチンと白い杖をつく音と一緒ではなく、どんな瞳で現れるだろうか。

地球語を話す宇宙人昼寝覚

初子

音たてて

ある朝突然、目覚めと共に声が出ない。あなたなら、いかにして訴えるだろうか。喉頭癌に見舞われ咽頭を摘出したため、声を失いつつ、壮絶なまでに執筆に魂を削り、生きた足跡を遺さんとした作家がいた。

その名は、石和《いさわ》鷹《たか》。

飲食店を経営する、元ボクサーの私の夫をモデルにした小説『レストラン喝采亭』を出版し、三年後に発病。母校の早稲田大学で短編小説の一般講座に打ち込んでいた最中に、決心した手術だった。

「俺は人魚姫か、この声を魔女に捧げる他に道はないのか」と、いつもの白ワインと好物のフレンチカツを噛みしめていた。

数か月後、私の顔に似ているという夫人を伴い、カウンターの上で筆を走らせた。「声を失ったが、言葉を失っていないことに気がついたよ」。すかさず「人魚姫が、言葉を字に出来たら泡と消えずに済んだだろうに」と、書き示す字は活字のように正しく美しく、こよなく愛する酒と人間のために、筆談用の白い紙は黒ぐろと積み重ねられていった。「俳句は座興の文学だ。短いが故に言葉の吟味にもっと真剣に取り組まなければダメだ」「言葉こそが、幸せを生み出す源だ」、代え難き言葉の遺産である。

梅雨籠声なく笑ふチャップリン　　初子

笑顔の後の石和さんと、サイレント映画のチャップリンを重ね合わせてイメージしてみた。

「俺をチャップリンに見立てたか、愉快だ」。聞こえるはずのない笑い声が今も胸に響く。まもなく、肺に転移し二度目の手術と戦いながら〝親鸞の再来〟との異名を持つ浄土真宗の怪僧・暁烏敏《あけがらすはや》の小説を創作中と聞いた。

「キーンと冷えた白ワインを出せ」と書かれた筆談紙を見ることなく、一年後、リンパ節に侵入した癌の魔女は六十四歳のすべてを奪っていった。平成九年の桜の季節は遅く、咲きはじめた花に一陣の颪は容赦なかった。

音たてゝかたまり落つる八重桜　　初子

鶴田浩二を追って

その店のカウンターには七脚の椅子があった。入口に一番近い椅子が九時近くになると空けられているのは、毎夜三、四時間ゆっくりと飲み食いすることを生活の一部にしていたAさんのための、常連客のやさしい配慮なのである。目の悪いAさんは、テレビに近い距離にあったその椅子をこよなく愛していた。

真っ青に刈り上げた頭髪で、着流しで斜に構えて店に入る姿はやくざ映画の鶴田浩二か、高倉健を意識しているに違いなかった。何しろ、数年前交通事故で頭を打つまで、映画館の支配人や映画技師を務めていたほどで、映画に対する愛好心や執着心はただならぬものがあった。

Aさんの唯一の生き甲斐は、新幹線に乗り、京都の太秦《うずまさ》映画撮影所に行き、時代劇のお馴染の主役に扮装して、その姿を収めた写真を私たちに見せては「カッコいい！」と言われることだった。自分のことは決して語らない、独り者だったAさんの生い立ちを知る人はいなかったが、子どものようにまっすぐな純真さは愛すべき人であった。そんなAさんがあまり姿を見せなくなったある夏。確たる筋より情報が入った。
猛暑の続いたある日、自分の部屋で動かなくなっていたAさんが発見されたと。テーブルも椅子もなく、テレビもない部屋だったと。でも私たちは心のどこかで待っていた。着流しでヒョイと、いつもの椅子に座るAさんを。だって誰もAさんの死に顔を見た者はいないのだもの。粋を貫いた六十八歳だった。

遠山の金さん憧れの花吹雪　　初子

なんてったってポテにん

「まずは、ポテにん」と、スポーツライターのH氏と連れの一声。冷房のほどよく効いたキッチン兼酒場「チャンピオン」の人気メニューのひとつである。夏の定番、キーンと冷えたビールのそれより先に「夏バテ予防には最適」と「ポテにん」を待つ。

その気になる「ポテにん」とは、ひと口大に切った生のジャガイモとにんにくを一緒に油で素揚げし、塩、コショウを振り散らしたもの。にんにくのエキスがジャガイモに移り、お互いの持ち味の絶妙なハーモニーが、前菜として、酒のつまみとして愛されている。翌朝早くから仕事のある人、体質的ににんにくを受け入れない人以外は「ポテにん」の虜になる。著名なジャズヴォーカリストのM嬢や、シャンソンの某歌姫も、「声に艶が出るのよね。果物より糖分もないし、スタミナ源としてなんたっておいしいもの」と声を弾ませる。

かつて、この店の約七十品目より二か月にわたり百人近くの常連客に、メニューのベスト5のアンケートを募った。一位は断然「ポテにん」であった。

その夜は金曜日。自称俳人が五人集った。各自の好みのドリンクを飲みはじめる頃、例によってポテにんが運ばれてきた。誰かが「短冊！」と声を出すと、カウンターの後ろの戸棚から切り揃えてある短冊と、清記用紙まで取り出された。「題を決めようよ」「五句出しにしようか」。さあ！　句会の宴が始まりそう。

「ここのビールの冷え具合は、いつもサイコー！」と、独酌しているA氏。水冷式ストッカーに黒ラベルの大瓶の出し入れ順をこだわる店主の心意気が伝わる。

題は「冷」はいかが？　と焼酎のトマト割りを好むB嬢が声を出す。度数の高い焼酎少量に190グラムのカゴメジュース一缶を、割り込む。一押しドリンクである。

タンサンの泡に溺れよ夏深し　初子
氷塊のまはりさすらふトマト割り　〃
冷たさよ星のマークの瓶ビール　〃
ポテにんの油切れよし明易し　〃
ポテにんや揺るる明暗夏暖簾　〃

ビールと冷えは即《つ》き過ぎぞ、とウィルキンソンで割ったレモン酎ハイのおかわりをC氏は促す。アンケートで四位のフレンチカツが登場。パン粉の衣に粉チーズをまぶし、バターたっぷりのフライパンで、こんがりとソフトに焼きあげる変わりトンカツである。

金色のチーズトンカツ暑気払ひ

熱帯と化したるニッポンフレンチカツ

題を増やして自由句も作ろうよ、と青年D君がスペインワインのサングレ・デ・トロの赤を注文。赤ワインは常温がいいって誰が決めたの？　やっぱり冷えてる方がおいしい！と形の良い唇を赤く染めるE女史。そこへ、おかわりのポテにんと、アンケート三位のチキンソテーが運ばれてきた。このチキンソテーはテレビ、雑誌等に紹介されたマヨネーズベースのソースが企業秘密の決め手とか。A氏がまたビールを頼んでいる。アルコールが脳の回転に拍車を掛け、句会も宴も佳境に入る。

骨熱きチキンソテーや夜半の夏　初子

夏料理ひときは皿の白きかな　〃

仕上げは、オムライスにしようか、ガーリックライスか、タイ風スパゲティか、メニューが宙を飛び交っている。「名句は、旨い酒と旨い肴、そして良き仲間より生まれるのである」。ビールの泡を鼻の下につけたリーダー格のA氏が悦に入る。なるほど、これぞ句座の醍醐味か。

熱帯夜枕のやうなオムライス　初子

ポテにんよ夏よ俳句よありがとう　〃

チャンピオンの引退

東京オリンピックが開催された昭和三十九年は、高度経済成長の真っただ中であり、その年にJR阿佐ケ谷駅南口の住宅街の片隅に、元ボクサーだった二十七歳の青年が、カウンターだけの小さなBAR「チャンピオン」を開店した。そうして四十三年点《とも》し続けてきた灯を、店仕舞いのため消す日がきた。平成十九年四月三十日午前三時の消灯の刻、店主である夫がフライパンを十回叩き鳴らし、テンカウントと共に常連客と「引退」を惜しんだ。

一月半ば、突然の立退き宣告は、夫の山本晁重朗《ちょうじゅうろう》にとってはもちろん、五年前から二代目として厨房に入り、馴染みの客も出来、修業してきた洋食の腕も軌道に乗り始めた矢先の次男にとっても、体の真ん中に大きな穴が空いたかのような衝撃であったろう。私もまた、午後六時から午前三時まで、身を委ねてきた「チャンピオン」中心の軸が崩れてしまった。

思えば、昭和五十五年十二月一日、今もその日のことは忘れない。北海道より意を決して阿佐ケ谷の駅に降り立った瞬間を。迎えた晁さん（晁重朗）にとっても、わが友でもあった妻を乳癌で亡くした三か月後の、一大決心であったと察するに余りある。九段会館での修業をもとに、ＢＡＲからキッチンへと改革して、十五年後に迎えた「チャンピオン」の危機に立ち会った私の試練が始まった。

来店してくださったお客さんは、一回限りで終わらせたくない。そこで、味はもちろん、応対に気を遣い努力した。その結果、ほとんどのお客さんはカウンターの中の厨房の我々と会話を楽しんでくれた。常連客となったお客さん同士が交流し合うことが続くようになり、そんな中で結婚したカップルが十一組も誕生したのだから驚く。私は、そんな皆さんに励まされ、鍛えられ、わずかながら成長させていただいたのは間違いなかった。

世の中、バブルに浮かれる頃、頑《かたく》なに自分の主義にこだわっていた戦前生まれのワンマン経営も、「チャンピオン」防衛の策を練らなければならなかった。ボクシングに関係していた夫は、取材のための旅より、私たちも外食や小旅行より料理を研究しては、独自の味とネーミングで勝負した。「ポテにん」「ケニヤビーフ」「スパゲティドタイフーン」「バンコックポーク」「オムレツメヒコ」等、マスコミにも紹介され、人気を博した。

新・忘年会、お花見、ひいきボクサーの応援観戦、お客さんのコンサートや観劇、長男のフラメンコダンスや映画鑑賞など、コミュニケーションを深めていった。

そして、何と言ってもわが「チャンピオン」人生の中で大きな出会いは「俳句」である。俳句は「座の文芸」とも言われ、句座は出会いと交流がすべてである。「チャンピオン」そのもののあり方であり、これからもっと出会い、齢を重ねていきたいと願っていた。その矢先の引退。残念である。やはり寂しい！

次の東京オリンピック誘致運動が騒がれ始めた頃、「チャンピオン」の閉店は運命の導きだったのかもしれない。お客さんが築き愛してくれた、本当に良い店でした。四十三年間の御愛顧に心よりお礼申し上げたい。

テンカウント響くあかつき迎へ梅雨　初子

葱洗ふ

葱から逃れ難い日々を送っていたことがあった。夫と飲食店を営んでいた頃である。洋食系なので、ステーキやハンバーグ、サラダ、ドレッシング等々、玉葱は毎日一〜二キロの消費量だった。そして、数々のオリジナルメニューに欠かせぬ長葱も、それに並んだ。

そんな中、隠れた名品がある。みそ汁であった。鍋に作り置くなど野暮なことはしない。たった一杯でも注文を受けてから一椀ずつ作る。猫舌の人ならず、ほとんどの人はしばらく手に追えない熱あつの旨さで酔い覚めの一杯として、ライスの友として、評判を呼んだ。みそ汁の具は火の通りやすい季節の野菜はもちろん、出来上がる瞬間に登場するのが、他に類のない熟したトマトの一片と、刻み長葱である。トマトの酸味と葱の薬味としての深みが、絶妙な味を引き立たせ、婦人雑誌にも紹介された。

いったい何千本何万本の葱を洗い、刻み、火と向き合ったことか。それほど葱と共に暮らし、愛した日々を懐かしく、「心」が入っている葱の字に涙する。

火を愛し水を愛して葱洗ふ　初子

Ⅶ

ボクシングに溺れて

――月刊「ワールド・ボクシング」より

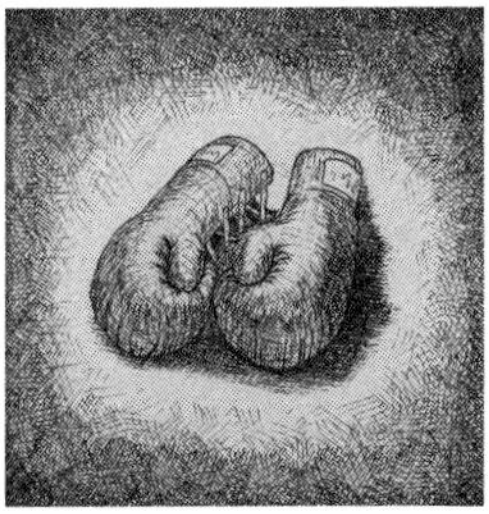

レナードに乾杯!

私はボクシングならず映画大好き人間で、ロマンチストのはずだった。ところがある日、突然ブラウン管に釘づけになった。トーマス・ハーンズとシュガー・レイ・レナードのウェルター級A・C統一戦を見た時だ。

お互いパンチがまるで当たらず、コンピューターで計算されたような動きと、下手なダンサー顔負けの華麗なフットワーク。

「えっ! これがボクシングなのだろうか?」苦戦の末TKO。でタイトルを手にしたレナードの虜になっていたのだ。それが真にボクシングとの出会いであり、目覚めだと言える。その後、網膜剝離等で引退、リングを離れたレナードを、どうしても忘れることは出来なかった。

それから四年後、なんとミドル級タイトル戦で、あの怪人ハグラーに挑戦するというではないか。その結果、あれはハグラーが有利だった、勝っていたとのファンたちの取り沙汰は私にとってすべて雑音でしかない。長いブランクを乗り越えてリングにレナードが戻って来てくれた。それだけで充分だ。

さあ、いよいよＷＢＣスーパーミドル級と耳慣れないタイトルマッチで、しかもライトヘビー級王者ラロンデ、これが困ったことに私の好み。白人、長身、金髪、憂いを含む美貌の対戦者なのである。あえて試合経過は語らずがよしとして、４Ｒレナードが不覚にもラロンデの凶器の右を当てられダウンを喫してしまい、一瞬背筋に冷たいものが走った。しかし、そこでレナードは天使の鞭《むち》にでも打たれたような反撃で、映画ドラマのごとき展開を見せ、９Ｒカナダのハンサムをもろくも崩してくれた。

金も名誉もあり余るレナードにとって、ボクシングそのものへの誇りあるハングリー精神が、世界でもっとも可愛い偉大なチャンピオンとして私の血をたぎらせてくれた。少女の頃に失った夢とロマンを蘇らせてくれる映画ならず、ボクシングとレナードに今宵も乾杯！

レイジング・ブル

知人から頂いたシュガー・レイ・ロビンソンの「眩しき勝者」の写真が気になるのだ。一九八〇年、ハリウッドがボクシング映画から人間ドラマへと変身させた『レイジング・ブル』が心に浮かぶからだ。

話はロビンソンのそれではない。最後には彼にタイトルを奪われてしまうものの、四〇年代「ブロンクスの猛牛」の異名を放ったミドル級チャンピオン、ジェイク・ラモッタその人のことである。絶対に後退せず前進につぐ前進で、対戦者に打たせるだけ打たせて疲れさせ、まさに相手のあきらめで勝利する。そしてそこには一度たりともホールド、ダウンの記録は残ってはいない。

たった一台のカメラがボクサーと共に動き戦い、観客をリングに上げてしまう臨場感は、いまだ瞼の裏に張りついて去らない。ラモッタの身内、恋女房との関わりを男の匂いで描き、風を切る拳に色づけした映像はみごとに尽きる。

ところで、わが国にラモッタはいるだろうか？ ライト級チャンピオンとして十度防衛という誇るべき座を目前に果たせなかった大友巌はどうだろう。予想を裏切り、テクニシャンのシャイアン山本を、打たせ勝ちしてタイトルを奪ったシーンは今やむかし。大友に胸のすく殴り合いを期待してはいけない。打たせてるのかガードしてるのかはっきりしないが、ホールドもせずダウンもしそうでしない。そうやって何人もの対戦者が根気負けやあきらめ負けしてきた。しかしその大友の前にも、ついにロビンソンが五代登《ごだいのぼる》なる使者をつかわした。大友の得意とする中間距離を阻む接近戦という「おまじない」で「待った！」をかけたのだ。現実と銀幕を交差して、ボクサーが人間が駆けぬけてゆく。

鬼塚勝也の夜

いつの世にもヒーローの誕生に期待が集まる。あの鶴太郎サンがマネージャーに就いているからではないとしても、タレント的人気で騒がれているJ・バンタム級の鬼塚勝也が、ほんもののチャンピオンの真価を示してくれる初防衛戦が6チャンネルで放映された。

現場でリングに向かうと、自分の見たものが現実のすべてである。入場の際に手渡されるプログラムの紙切れ、試合開始のゴング、一度しかコールされない選手紹介。気が遠くなるほどの熱気、見逃せない勝敗を決めるパンチ。それらは小説のように、絵画のように二度と触れることの出来ない、「あっ!」という間の瞬間的動く文化である。それをすっぽり収めたテレビ映像に再び興奮を求める。

このきっちりと時間内に組み立てられた内容は、多くの人を番組に集中させるために、鬼塚の人気を用いてのスポンサーの作為であることがうかがえた。不敗の鬼塚に「決して受け身にならず、常に向かって行く度胸はいいですね」と具志堅さんの声もうわずる。一方の挑戦者、防衛六度を果たしてきた三十歳の中島俊一に「自分のボクシングを冷静に進めて良い出来だ」と白井氏も元チャンピオンを讃えることを忘れない。

8R、中島が口の中を切ってしまうまでの、進むラウンドの早いこと……。しかし、この傷が致命傷か、キャリア七年の中島の闘志の集結が、血と共にリングに流れ落とされた。鬼塚にとっても苦しい勝利だった。

「日本タイトルマッチで、こんなにお客の多いのは初めてでしょう。いかに鬼塚のファンが多いかですね」とコメントがあったが、ちょっとお待ちください。この日はダブルタイトルマッチと謳われ、J・フェザー級戦の横田―西條戦もあったのですよ。せめて横田の目の覚めるようなKOシーンだけでも映してほしいものだ。真のボクシングファンのためにも。

いずれにせよ、新たなヒーローの期待は大きい。

川島郭志を追いかけて

ＷＢＣ・Ｊ・バンタム級初防衛を果たした川島郭志《ひろし》を、試合前に取材した知人のスポーツライターが舌を巻いていた。実にうまいシャドーと、完璧なスパーリングだったと。防衛すること間違いない。それも中盤きれいなＫＯで決めるだろう、とまくしたてていた。果たしてウマさが勝利へ、それもＫＯへと繋がるものだろうか？

古い逸話がある。昭和三十二年日本フェザー級、同三十二年東洋ライト級、三十五年Ｊ・ライト級と三階級制覇した大川寛氏のスパーリングとシャドーは実に華麗で、芸術的だったとさえ関係者は口を揃える。しかしリングに上がって、そのままＫＯへと結びついたか否か。テクニシャンとして判定が多かったとも聞く。

さて、川島だが結果は御存じ、文句ない大差の判定勝ち。だが、テレビや各紙、諸誌はこぞって批判的であった。「執念を燃やしたＫＯはついに成らず……」「ＫＯを意識しての川島のファイトが裏目に……」あげくは、「勇利や薬師寺の善戦を見て、自分もＫＯしようと浮き足立っていた……」とまで。ＫＯを意識したのは観客の方であり、それほどＫＯ

に執着しながら戦っていただろうか？　舞台ではリハーサル通り、リングではスパーリング通りにはいかない。初防衛の堅さから、リングに上がった途端に真っ白になってしまう選手だっている。川島が倒そうと焦り、深追いしていたら、４Ｒ、５Ｒでは、ともすれば打ち合いになってしまい、大振りになったすきに、終始顔面を狙っていたサラサールのストレートが、きれいな川島の顔に喰らい込むこととなっただろう。無理して当てない。当てさせない。それが、あの酷暑にもへばらず、二十九歳の老練な挑戦者に、ねばり勝ちを成し遂げた。

几帳面な川島が、「王座を守るというより、勝つ試合をします」とコメントした通りであり、具志堅氏の言葉のように、基礎がしっかりして堅いガードとディフェンスが良かったということにもなった。まさに絵に描いたような判定勝ちであった。芸術品として、次の防衛戦まで極上の額縁に入れ、飾っておいていただきたい。

新人戦の醍醐味

格闘技をこよなく愛する若い友人をともなっての東日本新人王戦の観戦であった。フライ級からJ・ライト級までの予選十五組のプログラムである。友人の彼女は言う。「新人戦や4回戦は、勝負が早いからダイスキ!」単純に試合を楽しむには確かにその通り。私の場合は応援しなければならない贔屓選手のしがらみもなく、技術的な予測も必要とせず、無色透明な未知数の若い選手たちは、リラックスして楽しませてくれるだろう、と胸をときめかす。

ゴングが鳴る。コーナーから飛び出す。これが実に面白い。両脇を開きっぱなしで、肘を上げてのファイト、まるで蟹のケンカだ。片やまったく対戦相手を見ず、下を向きドタドタとかけずり廻る者。ワンツーストレートの基本はどこへやら、ガチャガチャとグローブを振り廻す者。デビューの選手に至ってはレフェリーよりマナーやルールを指導されながらの対戦である。ライセンスを得て訓練してきた選手たちとはとても思えない。コメディである。

コメディと言えば、ふとある情景が浮かぶ。この日観て来た、北野武監督の『ソナチネ』なる映画のシーンである。上からの指令を待ちながら時間を費やす暴力団の仲間が、沖縄の白い砂浜に土俵を型どり、人間紙相撲に興じる姿である。紙相撲であるから、自ら戦う能力はない。振動を受けて戦わされているのだ。リング上の彼たちも「セコンドから何らかの刺激を受けながら、動かされているかのように見え、紙相撲の動きにダブってしまう。

ボクサーは紙ではない。自ら戦わなくてはならない。日頃のトレーニングの成果が、リングの上で発揮出来なくては、いくら戦歴を積み上げても無駄である。世界戦で情けない姿をさらけ出したJ・ウェルターの吉野弘幸は、このような新人戦を観戦して、わが身を鏡に映すべきだ。観る側にとっても初心に戻り、意味ある価値を与えてくれた新人王戦であった。ともあれ、フェザーの大木章は吉野と同じジムのワタナベだが、どこまで行けるか、注目だけしておこう。

引退のボクサー握る冬の薔薇

型通りの美しさしか振り向かずにいた私に、戦うことの真の意味を教えてくれたのが、大友巌さん！　あなたです。

「オオトモ！　ガンバレ！」と送る声援は、山彦のように返って来た。そう、あなたの戦う姿はそのまま私の生きる姿勢だったのです。どんなに打たれても、絶対に下がることをせず、前進する、それは確実に勇気を与えてくれました。その不屈の魂を貫き勝利をもたらす厳しさは、自信を与えてくれました。負けることの苦しさは、次へとステップしていく上での尊い希望を与えてくれました。

あの時、日本を捨て、世界へではなく日陰の東洋王者へと進んだ選択は地道だった。それは同期でありながら、日本止まりのまま姿を消した薄幸のヒーロー高橋ナオトや、世界の王座を手にしながらも、一瞬にしてその名声を失った畑中清詞の両武者を、はるかに超える精神の強さと、忍従の選手生活であったことが深く偲ばれる。

はじまりは、リングを下りた今からです。打たれようが、押されようが、前へ前へと、第二の人生に突進してください。さんさんと降り注ぐ陽を浴びる椅子が待っているはずです。いいえ、あなたならきっと、そこに向かって行けることを固く信じます。

ボクシングに捧げた八年間、本当にご苦労さまでした。いざ！　第二の出発に幸あれと、カンパイしよう！

嗚呼タイソン！

「勝つ」という字しか知らなかったタイソンが、「負ける」の三文字をリングに書いてしまったからには、あのタイソンは消えてしまった。

レフェリーがロングカウントをしなければ手が上がったのだ。「チャンピオンはやっぱり俺なんだ」と叫んでいるかもしれない。では次の9Rでとどめを刺せたはず。そんなことより、ゴングが鳴り響いた時不吉な予感が走った。ここは東京ドーム。国技館の相撲でもあるまいし、ダグラスの長いリーチは回しではない。両足を揃えて突っ立ち、ダグラスのパンチを待って自分から抱きつくなど、目を疑う情景だ。あの小さな頭と太い首を左右に振って振って、敵の懐に飛び込んで行く得意の「切り返し」を、ついに私たちに見せてはくれなかった。

8R右アッパーを決めた瞬間、それらしさを感じただけに過ぎない。ダグラスは絶好調だった。あまりにもチャンピオンを研究していた。当然である。これはゲームではない、タイトルマッチなのだ。テレビのコメディ番組に出る暇があったら、施設にお愛想振りに行く足があったら、すべてはトレーニングに費やすべきだ。世界タイトルマッチは慈善事業ではない。手も足も、目もなくなった錆び鉄の塊と化したタイソンは、まさしくダグラスに打ちのめされたのだ。

今や世界のボクシング界を揺さぶる悪名高きプロモーター、ドン・キングがいくら頑張っても、少年院と、カス・ダマトの免疫にどっぷり浸っていた、みずみずしい鉄の男には戻らないのか？　これでこそ、乳離れした人間タイソンの再生を我々は見たいものだ。再戦はオハイオ魂の誉れある血統証つきダグラスをさらに成長させ、燃え上がらせるに違いない。

ドン・キングは日本上陸以来、一番、イチバンを連発していたが、二月十一日（一九九〇年）の東京には予期せぬ春一番が吹き荒れた。気のせいか弛《たる》みを感じたタイソンの背中には、その春一番さえも吹いてはくれなかった。

カンバックの「チャンプ」

大志を抱き苛酷な道に耐えるボクサーが、どうしても世間の目に触れないままに消えてしまうのも、期待を一身に浴びながら目指す大器になれず、泣き泣き退くのも、そして、王者となって名声をほしいままにし堂々とリングを後にするのも、皆一様に「引退」という形には変わりがないとしたら、その引き際時期如何でそれからの人生に影響を及ぼすことは明らかだ。

「ワールド・ボクシング」七月号で寝耳に水の如きスクープを見せられた。Ｊライト級の飯泉健二の引退ニュースである。網膜剥離という大きな障害のためとのこと。貴重な可能性が潰されてしまうのは本人の責任外にある、などと批判するのは避けよう。が今想えば、杉谷にこそ二度とも勝てなかったものの、マーク堀越を参らせたあのファイトが懐かしい。心より労をねぎらいたい。

さて引退となれば相対するものは「カンバック」だが、数か月、前ミドル級チャンピオンからＬヘビー級で東洋に挑戦し敗れて引退した千里馬啓徳がカンバックした。その筋の情報によれば、スーパーミドルを新設しその王座を狙っているとか。安易な返り咲きを夢見ているように思える。そのむかしカンバックの危険さを、映画『チャンプ』の中で知ったことを想い起こす。ヘビー級のチャンピオンであった主人公が、妻と別れた寂しさ等から賭け事に打ち込み、その莫大な借金返済のためにも、パパと呼ばず「チャンプ」と言って尊敬する最愛の息子にも、リング上での「チャンプ」を見せようと、七年間のブランクに挑むのだが、勝利の手が上げられた直後、父親としての命をも落としてしまう、というストーリーだった。不本意で無理なカンバックは、人生を変えてしまうという含みが窺える。「かつての栄光の灯よ再び」の夢はやはり夢に過ぎない。燃え尽きようが、途中であろうが、一度消えた炎は決して前と同じ火で燃えることはない。点火しようとするエネルギーがあるなら、次代を継ぐ人材育成に貢献する力に向けてほしい。そこにはおのずと残された人生に輝きを増す力があるに違いない。

（了）

あとがき

きっかけは、俳句誌「炎環」に平成二十五年一月から二年三か月間、映画のテーマに日常の心境を含めたエッセイを、連載させて頂いたことにある。

誰かが口を滑らせた。面白いからこれを土台に本にしたら？　と。褒められてその気になるのが、私の大きな欠点。厳しいご批判を覚悟の上に、恥を忍ぶことになった。

ともあれ、俳句を詠むことも、文を書くこともすべては人の出会いや、繋がりから生まれると心底、痛感する。その要因は四十三年間、夫と共に営んできたレストラン「チャンピオン」の存在がすべて引き金になっていると、確信出来るからである。

元ボクサーだった夫のもとへ、現役の選手や関係者が店の扉を開けた。

無知だった私にとってボクシングの殿堂、後楽園ホールの初観戦の刺激と感動は今もって新鮮に蘇る。当時、夫がコラムを寄稿していた専門誌「ワールド・ボクシング」から、女性の目から書いてみないかと促され、文筆の道筋を導いてくださった前田衷編集長に心から感謝している。

そんな折、映画ファンの私たちは「阿佐ヶ谷映画村」（代表白井佳夫）なる上映会に誘われた。熱烈な映画好きや映画作家、役者などと馴染みになり、大いに語り合う実のある時間に恵まれた。そんな人脈の広がりから芸術家やジャーナリスト、作家、俳人などとの交流が盛んになっていき、いつしか、石寒太率いる俳句結社「炎環」の同人となって久しい。

それらが、深夜三時までの日々の生業を重ねることへの、生き甲斐となって一夜一夜と千夜の灯りを灯し続けられたことは、語り尽くせぬ思いである。

「チャンピオン」の灯は平成十九年に消すこととなったが、「チャンピオン」に関わってくださったあらゆる方々に、心よりお礼申し上げたい。

本書の出版に際し「炎環」石寒太主宰より細部にわたりご指導を頂きましたうえに、過分なる序文を賜り、心より篤くお礼申し上げます。そして、「炎環」のすべての皆様の日頃のご厚意に感謝したい。

何よりも、発行を受けてくださった「朔出版」の鈴木忍様には、項目の選別やタイトルなど隅々までご助言頂き、心よりお礼申し上げます。

最後に、一番の理解者として元〝チャンピオン〟の夫に千の感謝の言葉を贈りたい。

平成二十九年九月吉日

三輪初子

＊本書は「炎環」「や」「紋」等の俳誌および「ワールド・ボクシング」「大法輪」等に掲載した原稿をもとに修正を加え纏めたものである。

三輪初子（みわ　はつこ）

本名　山本ハツ子
一九四一年、北海道帯広市生まれ。
一九八八年頃より俳句を始める。「童子」「みすゞ」「や」を経て、
一九九六年、「炎環」入会、のちに同人。
句集に『初蝶』（一九九二年）、『喝采』（一九九七年）、『火を愛し水を愛して』（二〇〇七年）。
現在、「炎環」同人、現代俳句協会会員。

現住所　〒一六六―〇〇〇四　東京都杉並区阿佐谷南三―四一―八

あさがや千夜《せんや》一夜《いちや》

二〇一七年十一月二十五日　初版発行

著者　三輪初子

発行人　鈴木　忍

発行所　朔《さく》出版

郵便番号一七三-〇〇二一
東京都板橋区弥生町四九-一二-五〇一
電話・FAX　〇三-五九二六-四三八六
振替　〇〇一四〇-〇-六七三三一五
http://saku-shuppan.com

印刷製本　中央精版印刷株式会社

ISBN978-4-908978-09-8　C0095